オトナのたしなみ

柴門ふみ

オトナのたしなみ

はじめに

一九五七年生まれの私は、一九七〇年代に思春期を過ごしました。

その頃流行《はや》りの言葉は、

「オトナは汚い。オトナになんかなりたくない」

でした。

ロックは歌詞で反体制を叫び、映画や小説では大人を敵対視する若者がヒーロー扱いされました。そして、田舎の純朴な中学生であった私は、背伸びしてその思想にかぶれていたのです。

〈オトナではないことがカッコイイのだ〉

二十代半ばまでずっと、私は心の奥底でそう考えていたのです。そんな自分を純粋だと勘違いしていたのです。

けれどそんな青臭い人間では、当然のように現実の壁にぶつかってしまいます。

生意気な女性漫画家だと叩かれることもしょっちゅうでした。そこでようやく目が覚めた私は、

「理屈では正しくても、人の世はそれだけでは回らないのだなあ」と気づいたのです。

気づいたものの、オトナたちが回す世の中の仕組みにはどうしても染まり切れず、四十歳ぐらいまでは相変わらずあちこちにぶつかってイタイ思いをしました。恥ずかしい目にもたくさん遭いました。

「まあそこそこオトナになれたかな？」

ようやく私がそう思えたのは、四十五歳ぐらいだったと思います。

それから十五年あまり経ち、私は還暦を迎えました。私自身の三十代〜四十代を振り返りつつ、イタイ経験によって学んだオトナ流儀を、若い読者の方に少しでも伝えることができたら、と考えて執筆したのが本書です。

経験を積むと、「理屈では通らないこと」を勘で察知できるようになります。絶対に失敗する方向を、においで勘づくことができるのです。

私が身をもって経験したこと。あるいは私がこの目で確かめ、この耳で聞いたことしか、この本には書かれていません。理想論も希望的観測も排除しています。厳しいけれど現実を見つめることでしか、将来の危険を回避することはできないと考えるからです。

「若さ」は「オトナ」より偉いと考えていた十代の頃の私。「若さ」を「未熟」とみなしてたしなめていた四十代。そして六十代を迎えた私は、「大オトナ」となりました。

老年期を迎える前に、オトナとしてちゃんと四十～五十代を過ごしていただきたい。読者の皆様にはそのためのヒント集、あるいは応援の言葉集として、この本を読んでいただければ幸いです。

装幀　大島依提亜
装画　庄野ナホコ
本文デザイン・DTP　アジュール

オトナのたしなみ　目次

だって女ですもの

結婚と離婚のあいだ

オトナのお作法

恋の悩みは一生続く？

本物の「オトナ」論

だって女ですもの

女が年を取るということ

二十七歳ぐらいの女性が、

「ほらもうあたし、オバサンだから」

などと喋っているのを耳にすることがあります。

現在五十八歳の私からすると、笑止千万もいいところです。

十代の一番輝いていた時代を過ぎてしまった。だからおそらく、自嘲を込めて、

「オバサンになってしまった」

と口にしてしまったのでしょう。

しかし、それを三十五歳の女性がそばで聞いていたとしましょう。

「甘いわね。年増になる苦しみを、何もわかっていない」

彼女はきっと腹の底でつぶやくはずです。

けれど、その三十五歳の嘆きを四十歳の女性が聞いたなら、
「ちょこざいな。本当のオバサンは四十歳から始まるのよ」
と苦々しく思い、四十歳の女性が愚痴れば、五十歳の女性が彼女を甘ちゃん扱いすることでしょう。

女性は、自分より年下の女性が年齢を嘆くのが許せないのです。

それはたぶん、いつも自分の年齢を気にしていて、無意識のうちに若い女性に嫉妬しているからだと思います。

なので、自分より年配女性のいる前で、
「もうオバサンですから」
などと口にしては絶対にいけないのです。

自分より若い女性に苦い感情を抱いている一方で、自分が年を取っていることに気づいていないケースも多いものです。

二十代向けファッションコーディネートをそのまま取り入れている、いわゆる「イタイ」四十〜五十代の女性たち。しかし、それも仕方ないといえば仕方ないのです。

人は一日の大半、自分の姿を見ずに過ごします。自分の顔を見るのは、朝晩の洗顔の時だけ。化粧の時にはもう少しじっくり見るかもしれませんが、それでもせいぜい三十分でしょう。

一日のうちで残り二十三時間三十分は自分の老けた顔を見ないで過ごすので、自分の姿かたちは「若かった頃のイメージ」で止まったままの人も多いのでは？

また、絶頂期の楽しい思い出に、人はどうしても縛られてしまいます。

生まれつきの美人はもちろんのこと、「並」やそれ以下の女性でも、ハタチ前後は、間違いなく誰でもぴかぴかと輝き始めます。その若いメスの魅力にオスたちは引き寄せられ、彼女たちをチヤホヤするのです。しかしそれもまた、ほんの一瞬のことなのです。

十代まではずっと地味だったけれど、ハタチぐらいで突然モテ始めてしまった「並」の女性。急にチヤホヤされた蜜の味が忘れられず、四十になっても「あのハタチの頃の髪型・ファッションをすればずっとモテ続けるはず」、そう思い込んでいるのが、「イタイ」女性たちなのです。

子どもの頃からずうっと美人の女性が、案外「イタイ」ファッションになっていないのは、特にいつが絶頂期というのがないからでしょう。

自分より若いメスに嫉妬するくせに、自分の肉体的衰えを直視していない。かように、女性が年を取ること——自分の年齢を受け入れること——は難しいのです。

そういう私自身、自分の年齢を受け入れていないことがしばしばです。というのも、三十代や二十代の女性を主人公に漫画を描いていると、すっかりその登場人物になりきり、娘気分が乗り移ってしまうからです（任侠映画を観終わった男性が、肩を揺らして映画館から出て行くのと同じ原理です）。

その気持ちのままショップに行くと、とんでもない洋服を買ってしまっていることがあります。そして翌朝冷静になり、

「何でこんな小花が飛び散った、甘々プリントのワンピースがウチにあるの⁉」

と思わず叫んだことが何度もあります。

そんなふうにして血迷って買ってしまった洋服が私のクローゼットにはかなりの枚数あったのですが、先日すべてを息子の彼女にあげました。試着させると、二十七歳の彼女になんとお似合いなことか！　ショップの店員さんって度胸あるなあ。よく五

十八歳の私に「とってもお似合いです」などと言えたものだ。

「イタイ」大人になりたくないなら、ショップに足を踏み入れた時に自分の年齢を頭の中でつぶやき、決して店員さんの言葉に惑わされないようにすることです。彼女たちは売るためなら、ホント何でも言いますから。

オバサンとオバアサンの分かれ目

「オバサン」とは、いったい何歳ぐらいからの女性を指すのでしょうか?

私は小学生の頃、漠然と、

「三十歳以上がオバサン、六十歳以上がオバアサン」

そんなふうに考えていました。友人のお母さんのほとんどが三十代で、お祖母《ばあ》さんは六十代だったからです。


ところが昨今、この基準はまったく当てはまりません。三十代は、まだ「娘」ですし、私はあと二年で六十代ですが、同い年の友人を見ても「オバアサン」と呼べるような人はほとんどいません。

そして最近気づいたのですが、かつてなら明らかに「オバアサン」と呼ばれるべき

年代の女性が自分のことを、

「こんなオバサンをね……」

と「オバサン」ではなく「オバサン」とのたまう人が増えてきているのです。

マスコミもそうです。たとえば、六十代の女性国会議員を揶揄《やゆ》する時、「オバアサン」ではなく「オバサン議員」と呼ぶのです。

たぶん「オバアサン」イコール、腰が曲がった白髪の老女をイメージしてしまい、スーツを着てシャンとしている女性議員をどうしても「オバアサン」とは言いづらいのではないでしょうか。

最近では、結婚相談所で知り合った男性を次々と青酸化合物で殺した容疑で逮捕された六十八歳の女性がいましたが、週刊誌は「怖いオバサン」「あんなオバサンが」と表現しました。彼女がショートカットでちょっと小ぎれいで若く見えたせいでしょうか。世間的に六十八歳は、すでに「オバアサン」の範疇《はんちゅう》だと思うのですが。

一方男性は、五十代後半でもう立派な「オジイサン」がいたりします。頭髪（白髪だったりハゲていたり）のせいか、あるいはジジくさいファッションのせいなのか……。

私自身、同窓会に出てギョッとした経験があります。

「このオジイサンたち、誰？」

女性はみな「オバサン」だったのですが、男性は「オジサン」と「オジイサン」が入り交じっていたのです。不思議なものです。全員同じ年なのに。そこで、私は気づきました。
・頭が白い
・ダサい（昭和のジジ・ババが着そうな）ファッション
この二点が、男女問わず年寄りくさくするのだと。

男性は、ハゲのほうがまだましです。近頃は四十代のハゲがスキンヘッドで堂々と闊歩していますから。ハゲているだけでは人は、「オジイサン」と呼ばないのです。

一時期、四十代から白髪染めをやめてシルバーヘアをオシャレとする女性がファッション業界に多数いましたが、やはりどんなにセンスがよくても、世間は「オバアサン」として扱っているように見受けました。

日本人にとっては、白髪イコールお年寄りなのです。若い時分から薄茶やブロンドだったりする欧米の女優は、白髪になってもそれほど「老けたなあ」という印象を持たれません。けれど、日本人の場合、若い時の真っ黒な髪が真っ白になったとたん、それはもうすっかり「オバアサン」となってしまうのです。

五十代以降で白髪を真っ黒に染めると、さすがにイタイ感じがしますが、今はヘアカラーの技術が相当進んでいるので、自然で柔らかい年相応の髪の色が選べます。街から「オバアサン」がどんどん減って「オバサン」が増えている理由もそこにあるのかもしれません。

髪の色と艶こそが、「オバサン」と「オバアサン」の分かれ目なのです。

服装に関しては、商店街の洋品店で洋服を買うようになれば「オバアサン」。デパートの三階までのフロアで服を買えば「オバサン」で、四階以上だと「オバアサン」に近づくのではないでしょうか？

女性はどうしてもフリル、リボン、花柄に弱いのですが、我慢してそれらには手を出さず、無地かストライプ、せいぜい伝統的チェック柄に抑えておいたほうが若々しく見えます。

デパートの二階フロアは、若作りとなってちょっとイタイので、四十歳を過ぎたら選ばないほうが無難だと思います。

スポーツ好きでカジュアルファッションを好む中高年女性もいます。

確かに動きやすくて機能性にあふれていますが、アウトドア専門店で服を揃えると、「オバサン」ではなく「オジサン」になってしまう可能性もあるので、どうかご注意を。

美人という病

テレビのバラエティ番組を観ていたら、元女子アナで現在はプロスポーツ選手の妻になっている女性が出演していました。女子アナ時代はアイドル扱いされていた彼女も、今ではもう四十代後半のはず。しかし美貌は健在で、華やかなオーラを振りまいていたのです。

番組中、彼女にクイズが振られました。誰でも答えられる簡単なものだったのですが、勘違いしたのか間違えてしまいます。司会者から誤りを指摘された彼女は、その瞬間お茶目な表情でぺろりと舌を出したのでした。しかもちょっと肩をすくめ、まるで漫画のような、見事な「テヘペロ」でした。

たまに、人前で舌を出す女性を目にします。不二家のペコちゃんのようにちょろっと上唇を舐めるタイプもいれば、真下にべろ〜んと、顎につかんばかりに伸ばすタイプもいます。それを結構なお年の女性がやるのです。

「元女子アナの舌ペロ事件」を、私はその直後に出席した女子会で話題に上げてみました。すると、

「います！　舌を出す女。しかも、美人が多くないですか？」

二十七歳女子が声を上げました。

「美人でスタイルがよく、頭もいい女が舌を出す気がします」

「人前で舌を出すのって、普通恥ずかしくてできませんよねえ……」

その場にいたもう一人の二十九歳女子も発言しました。

そういえば……と私も思い当たりました。

高校時代、学校中のアイドル的存在だった女の子がいたのですが、写真に写った彼女はすべて舌を口の端にちょこっと覗かせて微笑《ほほえ》んでいたのです。

いい年をした美女が、人前で舌を出す。それはつまり、「私って美人でスタイルもよく頭もいいのだけど、こんなお茶目なところもあるんです」というアピールなので

は？

私は気づきました。

「完璧なあたしだけど、それほどとっつきにくくないわよ」

そう男性に向けて発信しているのではないか。それもたぶん、無意識で。

女優の檀れいさんのビールのＣＭは、男性には好まれる一方、女性にはたいそう受けが悪いと聞きます。その根っこは「美女の舌ペロ」を一般女性が拒絶する現象と同じなのではないでしょうか。

完璧な美人は、男性に敬遠されないように〈ドジでちょっぴりお茶目な自分〉を演出します。男性はその手にまんまと引っ掛かってしまいます。しかし大半の女子は、

「何もしなくてもモテるくせに、さらにモテようと小細工をほどこすつもりか、ちょこざいな」

と反感を抱くのです。

しかし、美女はつらいのです。東大出の人は、自分からカミングアウトするまでは東大出だと他人に伝わらないので、黙って歩くだけでは、尊敬もされなければやっか

みもされません。

ところが美女は、街を歩くだけで男性は振り向き、女性は嫉妬します。本人の意思とは無関係に称賛とひがみを同時に浴びるのです。

少しでも不愛想に振る舞うと、

「お高くとまって。美人だけど性格が悪い」

と叩かれます。美人がそつなく愛想がいいのは、幼少期からこのような逆風にさらされ続けたためでしょう。

大半の男性はなぜか「美人はみな、性格がいい」と思っています。その期待を裏切らないようにいい人ぶらなくてはいけないのもつらいところです。

さらに、美人でおまけに性格もよさそうに見えると、一般男子は、

「僕には高嶺《たかね》の花だ。手が出せない」

と引いてしまいます。そうなると、美人には自信過剰の図々しい男しか寄ってこないことになります。得てしてこの手の男性はコンプレックスの裏返しで、イケイケタイプが多いです。美人を落とす（彼女にする）ことを男の勲章と考えてはいても、誠実な愛情を注いでくれるタイプとは思えません。

なので、普通の誠実な男性の愛情を勝ち得たい美人が、「舌ペロ」を用いるのだと思います。

「私はお茶目よ、高嶺の花なんかじゃないの」

そのように考えると、何だか痛々しいと思いませんか？

美人はつらいのです。美人ゆえの恩恵ももちろんたくさん受けるでしょうが、普通の女ならしなくてもいい努力を重ねなければいけないのです。

そしてもっとも哀しいのは、年を取り、もうその必要がないにもかかわらず「美人」として振る舞い続ける人たちです。

こうなるともう、「美人」は病ですね。

美魔女の行方

かつて、モデルの女の子たちを取材した時に聞いた話です。モデルはモデルの子としか友達にならないと言うのです。

「だって、普通の子って嫉妬するから面倒くさくて」

なるほど。その点モデル同士だと、そのへんの気をつかわなくてすむわけですね。そういえば私が大学生時代にも、クラスの美人ナンバー1とナンバー2が親友同士としていつも行動を共にしていました。


そして昨今流行りの美魔女にもその傾向が見られます。私のフェイスブックのお友達の中に、四十八歳の美魔女がいます。その人は裕福な人妻でありながら、専業主婦では物足りず自らエステサロンを開いた女性です。私は知人の紹介でそのサロンの顧客になり、その縁で「友達」になったのです。彼女のタイムラインの写真を覗くと、見事なまでに美魔女が集まっていました。

どうやら名門私立中学校のママ友の集団らしいのですが、全員がウェーブのかかった肩までのセミロングで、全員がうりざね顔。そして全員がまつ毛エクステンション（たぶん）なのです。都会的な洗練されたカジュアルファッションも同じテイストで、デブは一人もいない……。

私の子どもは地元の公立小学校に通ったため、ママ友は服装もまちまち。参観日にも平気でジャージ姿で現れるような人もいて、ほぼ三分の一はデブ。顔立ちの整った美人もいましたが、「美魔女」はいませんでした。時代が十年ズレていたため、そういう言葉すらなかったのですが。

ただ、美人もデブもジャージも、みんな入り交じってPTAのお手伝いをしていました。美人だけで集まって他を排除するなんてこともなく、気楽な保護者の集まりでした。

おそらく美魔女は、自分と同じレベルの美人の方々とつるむことで安心感と優越感を味わっているのでしょう。

もう一組、私は美魔女のグループを知っています。それは同じ大学病院に勤務する医者の奥様グループで、メンバー七名全員、美魔女でした。前出のグループよりは年齢も高く、派手さも上回っていました。

この二つの美魔女グループを観察して思ったのは、

「みんな張り切っているなあ」

ということです。

張り切っているとは、張り詰めているということでもあります。いつも気を抜かず、緊張感に満ちた空気を感じました。

〈気を緩めると、美貌も体型も緩んでしまう。それはつまり、このグループから脱落してしまうということよ……。そんなことを考えるだけでゾッとするわ。だから私は、オシャレも美容もいっさい気を抜かないの～〉

彼女たちの心の声を代弁してみました。

表面的で上滑りな会話。お互いを褒めそやす空々しさ。彼女たちは、自分もメンバーにお世辞を言っているくせに、自分がお世辞を言われても気がつきません。

そのため、「今日もキレイね〜」と言われて気持ちよくなってしまい、その快楽から抜け出せないのです。

この構図は、ヤクザがなかなか足抜けできないのと似ていますね。その集団の仲間でいる限り、構成メンバーはずっと優しくしてくれて気持ちがいいのです。

しかし、〈若さと美貌〉は、この世でもっとも移ろいやすいものです。それらにこだわり、それらを共通の価値観として繋がっているグループは、なんとも危ういものではありませんか？

冒頭で、「普通の子って嫉妬するから」というモデルの女の子の言葉を紹介しました。

しかし、美魔女に関しては当てはまりません。なぜなら、美魔女に嫉妬する同年代の女性は、ほとんどいないからです。

普通の（非美魔女の）女性たちは、〈若さと美貌〉以外のモノに価値を置いた人生を堅実に歩んでいます。そういった女性から見れば、美魔女たちは無理して虚構を生きている女としか映らないからです。

ウディ・アレン監督の『ブルージャスミン』という映画があります。これぞまさしくイタイ美魔女の話です。ケイト・ブランシェットの名演技が光ります。美貌が自慢で、現在セレブな生活を送っているみなさんは、この映画を見て気を引き締めてくださいね。

女の「プロ」

女性の「プロ」に、久しぶりにお目にかかりました。

「プロの女性」ではありません。「女性としてプロだな～」と唸ってしまう人たちが、確かに存在するのです。


菊子さんと最初にお目にかかったのは二十年ぐらい前のことです。知人女性から、

「とっても魅力的で、とにかくモテる女性がいるから」

と言われて、菊子さんを紹介されたのです。

菊子さんはその時、芸妓《げいこ》さんでした。

和服姿で現れた菊子さんは薄化粧で、どちらかと言えば地味な印象でした。たぶん、当時彼女は三十一～三十二歳だったと思います。楚々《そそ》として華奢《きゃしゃ》な感じ。でもはきは

きした受け答えに利発さを感じました。

その場をセッティングした知人女性が口を開きました。

「菊子さんは、大物と呼ばれる男性を落とすことで有名なのよ」

「へー。でも大物って結構年上でしょ？」

同席した男性が菊子さんに質問しました。若き芸妓さんに、男として興味津々だったのでしょう。

「そうですね」

軽く受け流す菊子さん。

「年上だと何歳ぐらいまでOKなんですか？」

そんな男性からの不躾な質問にも、

「今まで最高年齢は、七十五歳でした」

菊子さんはさらりと言ってのけたのです。

「それで、その七十五歳は男性としてきちんと機能していたんですか？」

「はい。年相応の衰えはありましたが、きちんと愛していただきました」

嫌な表情を浮かべることもなく、さりとてカマトトぶってごまかすでもなく。そんな彼女の対応を見て、

「オトナだなあ」

と、私は感心したのでした。


時が流れ、今年とあるパーティー会場でバッタリと、私は菊子さんに再会したのです。

「お久しぶりね、菊子さん」

「サイモンさん、私、結婚したんです。芸妓も辞め、今は主人の仕事を手伝っているんです」

そう言って差し出された名刺には〈菊子・ルーカス〉と書かれているではありませんか。

「彼は二十歳年上のオーストラリア人なんです」

聞くと、旦那様は結婚歴三回で前妻との間に子どもが五人もいる大富豪の実業家らしいのです。写真を見せてもらうと、確かに初老の白人でした。

菊子さんのファッションも、結婚を機に欧米化したようで、胸がV字に大きく開いた（たぶんサン・ローラン）おっぱいがこぼれんばかりのロングドレスでした。しかも、それがとてもよく似合っていたのです。

「着物だけでなく、こんなドレスを着こなせるなんて！」

その時、ようやく私は気づいたのです。

「菊子さんは、女としてプロなんだわ」

日本の大物と付き合う時は和服。欧米人のダーリンの前では、サン・ローラン。しかも臆することなく堂々と、胸の谷間をアピールしている……。

最近、えせセレブが詐欺で逮捕されるニュースが流れました。ブログに精一杯セレブぶった写真をアップしていたのですが、実情は貧乏で、偽ブランド品を販売していたというのです。結構きれいな女性だったので、背伸びをしなければ、そこそこ幸せな人生を送れたのではないでしょうか。

菊子さんと、えせセレブの決定的な違いは、「プロ」かどうかなのではないかと思います。

女性の「プロ」は、二十四時間スキを見せません。身なり、会話、精神において〈スキ〉がないのです。

一方、えせセレブはスキだらけです。そのブログを読んだだけで突っ込みどころ満載なのですから。そこですね、違いは。

パーティー会場で久しぶりに再会した私たち。

「ブログに載せたいから、一緒に写真を撮っていいかしら?」

菊子さんから言われ、三枚ほどツーショット写真を撮りました。

その三枚の写真をチェックして、私はびっくりしました。私は同じ笑顔の直立不動。しかし菊子さんは、ファッション雑誌のモデルのごとく三パターンのポージングをばっちり決めていたのです。

「ああ、やっぱり菊子さんはプロだわ」

私は、自分のアマチュアぶりに、すっかり落胆したのでした。

女は欲張り

「男は見栄っ張り、女は欲張り」というのが、私の持論です。

付き合う彼女や奥さんに、必ず手を上げるプレイボーイがこう言いました。

「これは、戦略です。女は暴力を振るわれた男から逃げません。痛い目に遭った分を取り戻そうと、女は考えるからです」

ずいぶんひどい男ですが、〈女は損した分を取り戻したい〉という言葉には、一理あると思います。

女性が、恋人なり夫なりの浮気を怒るのは、

「本来なら私に与えられるべき彼の愛情と時間が、別の女に注がれた。私は、損をし

た」

　という感情だと思います。けれど男性の言い分は、

「浮気はしたけれど、キミへの愛情は少しも減ってはいない。それなのになぜ怒るのか？」

　このように、女性の怒りをまったく理解しません。

　一方、たとえば夫の浮気を妻が夫の上司に報告したとしましょう。すると、

「俺のメンツをつぶされた」

　と夫は怒り狂うはずです。

男性にとって大切なのは、〈損をした〉という感情ではなく、〈恥をかかされた〉というプライドなのです。

　男女間で言い争う時、男性は女性に向かってよく、

「そんなことを言って（して）、キミは恥ずかしくないのか？」

　と言います。

しかし女性の多くはきょとんとします。

「いえ、全然恥ずかしくないですけど」

それより、私の損失をどう埋め合わせてくれるのか、という怒りで頭がいっぱいなのですから。


ところで最近、「断捨離《だんしゃり》」あるいは「片付け術」といった言葉をよく耳にします。雑誌やテレビでもたびたび取り上げられるのは、不要な物を処分して家の中をスッキリさせたいと考えている人間が、大勢いるからでしょう。

しかし、そんなふうに考えているのは、ほとんどが女性です。

「週末は、断捨離しなくちゃ」

と言っている男性を、私は見たことがありません。

男性も物を買いますが、それらはマニアックな趣味の物が多く、購入段階で捨てることなどまったく頭にない傾向にあります。そのため、男性の多くは、「断捨離」という発想とは無縁なのです。

物を捨てられない↓捨てると損をする気がするから。

こういう考え方は、やはり女性に多いように思います。ゴミ屋敷老人はこの考えの延長線上にありますが、また別ジャンルなので、ここでは省きます。

紙袋、化粧品の試供品、街角でもらったポケットティッシュ、ドーナツの半額クーポン券……。

これらは、放っておくと家の中にどんどん溜まっていきませんか？

じつは、私がそうなのです。

紙袋は大中小に分けてストックし、万が一に備えます。その万が一とは、たとえば訪ねてきた友達に手土産のみかんを渡す時。みかんを入れてちょうどいい大きさの袋を、家中ひっくり返して探さなくてもすむように、と私は対策を講ずるのです。

私はめったにドーナツを食べないくせに、

「半額なら買ってみようか」

という欲が起き、半額クーポンを捨てられずについつい取っておいてしまうのです。結局、いつも買わないまま期限が過ぎてしまうのですが。

そしてこれらを、ストックしてしまうのは、

「捨てると損するかも」

という思いなのです。けれど、みかんが段ボールで届く時期に友人が私の家に遊びにくることなど、まずありません。

半額クーポンで買ったドーナツも、過去に一度味わっただけです。

そういうことに気づき、

「よし、捨てよう。もうただのティッシュや試供品を家に持ち込むのはやめよう」

そう決心するのですが、時間が経つと家の中にそれらがあふれているのですから、不思議です。

でも、まれに、

「この半額のドーナツ超おいしい！」

ということもあるので、女性はそういうささやかなお得感を求めて生きている生き物なのでしょう。

女友達との付き合い方

女友達との付き合い方は、本当に難しいものです。

犬を飼うようになって毎朝の公園散歩が私の日課となったのですが、そこで一人の女性と知り合いました。

同じ年頃の同じ犬種ということで、犬同士もじゃれ合います。すると、
「毎朝同じ時間に待ち合わせて、一緒に公園を散歩しましょう」
と、彼女が提案してきたのです。
「はあ、そうですね……」

時間を決められると自由がきかなくなるので、正直私は気乗りがしなかったのですが、我が愛犬は友達ワンコがいないと地面に座り込んで歩きません。そこで散歩をス

ムーズに行うために、その提案を受け入れることにしました。私たちは〝犬トモ〟になったのです。

その時、思い出したのです。

中学時代、近所に住んでいるというだけで、仲良くもないクラスメイトの女子が毎朝私を誘いに来ていたことを。

「じゅんちゃ～ん（私の本名）、学校に行きましょう」

毎朝決まった時間に彼女は私を誘いに来ました。学校まで徒歩十五分。しかし、気が合うわけでも、共通の趣味があるわけでもないクラスメイトと話すことなど何もありませんでした。私たちは無言でトボトボと学校まで歩き続けたのでした。

すると、ある時彼女が、朝、私を誘うのはもうやめると言いだしました。

「ただ、誰かと一緒に登校するってことをやりたかっただけだから」

それを聞いて私は心の中で、叫んだのでした。

「そんな理由で私を誘うな～！」

少女時代、〈一人が嫌だから〉という理由で、無理矢理誰かに付き合わされることが、私はたいそう苦痛でした。

その理由は、

〈私は一人でやらなくてはいけないことがいっぱいあるのに、何でアナタのそんな身勝手な理由に付き合わなくてはいけないの？〉

です。

けれど、こう見えてじつは案外気の弱い私は、それをはっきり口に出して拒絶することができなかったのです。

犬トモ女性が出現したことで、そんな娘時代の私の苦痛を思い出したのでした。

もっとも、その犬トモ女性は気配りのできるオトナの女性で、よけいな詮索はしないし、話題も犬のことや季節のことなど当たり障りのないことばかりなので、それほど苦痛ではありません。

子どもが学校に通っていた頃は〈ママ友〉、習い事のスクールに通えば、〈スクール友〉など、なにがしかのコミュニティに属すると、女性はそこで〈友達もどき〉を作りたがります。

男性には、こういうことはほとんど起こりません。なぜなら、男性社会は縦社会で主従関係がはっきりしているからです。横並びで〈友達ごっこ〉をするなど考えられないのです。
○○友は、本当の友達とは異なります。というのは、条件つきの友達など真の友達ではないからです。
○○という条件がなくなれば（子どもが卒業したら、このスクールに通うのをやめたら）、もう会わなくてもいい人たちなのではないでしょうか。
○○という条件がなくなっても、やっぱり会いたい人。それが、本当の友達なのです。
ママ友との付き合い方について、時々相談を受けるのですが、私の答えは決まっています。

「子どもが卒業するまでの辛抱と思い、表面的な会話でその場をやり過ごしなさい。

やがて目の前から消えていなくなる人だと思うと、腹も立たないでしょう?」

卒業式で、別れを惜しんで号泣する生徒は少なくありません。けれど私は、「好きな友達とは連絡を取り合ってこれからも会えるじゃない。それより、苦手なクラスメイトともう会わなくてすむのだから、私は嬉しくて仕方ない」

ずっとそんなふうに感じていました。

○○友が、期間限定ではない場合は厄介ですね。

隣の家の人とか、夫の親戚とか。逃れられない人間関係の中で気の合わない人が存在すると厄介です。その場合の対処法は、また次の機会で述べたいと思います。

女が女と絶交する時

「ある日突然、それまでとても仲の良かった友達と平気で絶交する。だから、女は信じられない」

私にそう語った男性がいます。

私はその場で薄笑いを浮かべることしかできませんでした。なぜなら、人生において少なからずそのような経験があったからです。

「私は、とてつもなく性格の悪い人間なのだろうか？」

彼の言葉が、それからもずっと心に引っ掛かっていました。

不安になった私は、同業で同年代の友人に、おずおずと尋ねてみました。

「仲の良かった友達を突然大嫌いになって、絶交することってあるわよね？」

すると、

「あるわよ。そんなこと、しょっちゅうよ」

と、彼女は答えるではないですか。ああ、よかった。

「結局、その人とはそもそも合わなかったってことよ。それにやっと気づいただけのこと」


さて最近、ネット上で「人間アレルギー」という言葉を見つけました。

食物アレルギーは、ある一つの食品を食べ続けた結果、体がもうこれ以上体内に取り入れることを拒絶することで起こると言われています。

これと同じことが、人間関係でも起きるというのです。

ある人との関係において、ちょっとした嫌なことをずっと我慢し続ける。その結果、

「もうこれ以上の我慢は無理！」

と体が拒絶するのが「人間アレルギー」なのだと。

なるほど、私は「人間アレルギー」ゆえに、友達と絶交を繰り返したのかもしれません。

親友A子に絶交を言い渡したのは、何度注意しても、私との待ち合わせ時間に遅刻したからです。A子がルーズなのは、時間だけではありませんでした。整理整頓が苦手な彼女のカバンの中はいつもぐちゃぐちゃ。そのため、

「ゴメン、電車の切符が見当たらない」

一緒に旅行をすると、必ず彼女の切符がなくなりました。

「切符は必ず財布の中に入れるとか、すれば？」

多少イラつきながらも、根は善良で情に厚いA子に好意を持っていた私は、友人関係を続けていたのでした。

しかし、ある日突然、その堪忍袋《かんにんぶくろ》の緒が切れました。約束の時間を三十分過ぎても彼女は現れなかったのです。

「ごめんごめん。ここに来る途中で先輩の家があることに気づいて、ちょっと立ち寄ったら、つい話し込んじゃって」

「……もう、あなたとは待ち合わせをしません」

私はきっぱり言い放って、その日を境に彼女とは絶交したのです。

「あんなに仲のいい二人だったのに？」

私たちの絶交を知った共通の友人たちは、たいそうびっくりしたようです。

「A子は確かに時間にルーズなところがあるけど、それもまた彼女の持ち味じゃない」

そんなふうに、私たちの仲を修復しようと持ちかける友人もいました。

けれど、アレルギー体質の人ならわかるでしょう?

一度アレルギー反応を起こしてしまったら、その食物を二度と口に入れることはできないのです。無理に体内に取り入れると、嘔吐や下痢を起こします。

A子以外に、学生時代の親友B子と絶交したのもまた、彼女のルーズさに私が腹を立てたからです。


つまり私は、どんなに趣味が合って一緒にいて楽しい相手でも、ルーズな性格の人間にはアレルギー反応を起こしてしまうのです。

「人間アレルギー」は恋愛関係や夫婦関係においても現れます。しかし、

「もう顔を見るのも、嫌。同じ部屋の空気を吸うのも耐えられない」

そんな状態になるのは、決まって女性です。

「男性は、一度好きになった女性を生理的に嫌いになることは、まずない」
と言われます。それは、なぜでしょう?
男性のほうが、アレルギーに強いのでしょうか?
体が拒絶するほど、嫌なことを溜め込むことがないからでしょうか?
飲み屋で酔っぱらってクダをまくという、男性お得意の行為は、「人間アレルギー」
を予防するのかもしれませんね。

平気で嘘をつく女

平気で嘘をつく女というものが、この世には存在します。

私がこれまで人生で出会った嘘つき女は、大きく二タイプに分かれます。

一つ目は、自分の妄想をあたかも真実だと思い込んでペラペラ喋るタイプです。彼女たちは、彼女の頭の中にしか存在しない妄想の映像や言葉を、目をキラキラさせながら一生懸命に語ります。なので、聞いているほうは、

「ピュアで可愛らしい人だなあ」

と、つい引き込まれがちです。STAP細胞で話題になった彼女が、まさにその典型であるように思えます。

このタイプの嘘を見抜くポイントは、

「ドラマチック過ぎる話は、疑え」

ということです。

妄想嘘つき女は、自分を物語のヒロインに仕立て上げます。そして物語は、ドラマチックであればあるほど楽しいのです。

「電車で向かいの座席に座った男性の瞳から、キラキラと輝く光線が放たれたの」

とか、

「ライブ会場で、アーティストの彼はステージから私だけを見つめてくれたの」

など。

でもまあ、これらは罪がありませんし、若い頃は誰でも一度や二度はこのような恋の妄想を体験しているのではないでしょうか。

一方もう一つのタイプは、自分をよく見せるために見栄を張って嘘をつくタイプです。こちらのほうが、断然厄介な人が多いです。

「ウチは地方の名家なの」

この程度なら、言った者勝ちです。誰もその地方に出向いてまで真偽を確かめようとはしませんから。

けれど、実際は通ってもいない有名大学卒業と言ったり、ただのサラリーマンの夫のことをエリート医師と言ってみたり、となると、これはかなり危険な嘘つきです。

彼女たちは、自分を大きく見せることで他人の称賛を得ようとします。人から実力以上に認められ、チヤホヤされることが、何よりも大好きな人々なのですから。

彼女たちは権力を持っている人に近づき、媚び、取り入ろうとします。その場で一番の権力者を見抜くことに、抜群の才能を発揮します。

そして困ったことに、このテの女の見え透いたおだてに、男性権力者は、ホイホイ乗ってしまうのです。

このタイプの嘘つき女が会社の同僚だと、大迷惑です。小さな会社だと、間違いなく社長の愛人になることでしょう。大会社だと人事に権力を持つ部長クラス。

嘘つき女は、気に食わない女子社員を閑職《かんしょく》に追いやるか、遠くの支社に飛ばしてほしいと、社長（部長）に泣いて訴えます。

「〇〇さんにイジメられているんです～」

妻子のある初老の社長は、嘘つき女の思うツボです。彼女の嘘を信じ込み、いいように操られてしまいます。

去年私は、このような相談を、別々に二つの会社の女性から聞かされました。相談者の共通の言葉は、

「男って、本当に馬鹿なんだから」

その二社とも、愛人との交際に会社のお金を使い込んでいたことがバレ、社長は解任、部長は関連会社への出向となりました。

社内で後ろ盾を失った二人の嘘つき女は、やはり会社にはいられず退職し、けれど別の会社に入って新たな後ろ盾を探しているらしいのです。

上記の二人の嘘つき女はそれなりに美人だったので、権力者に取り入ることができたのでした。

しかし、美人でもないくせに権力とチヤホヤが欲しくてたまらない嘘つき女がいます。

じつは、この種の女が一番怖いのです。ねじ曲がった彼女たちの欲望は、迷惑行為などの犯罪にどんどん近づいてゆくように思えてなりません。

ネットでの誹謗《ひぼう》中傷や、近隣への迷惑行為、弱者への虐待等は、自分を認めない社会への不満から生ずるのではないでしょうか？

こういったモンスター嘘つき女には関わらないのが一番です。

嘘をつかない人間は、まずいないと思います。問題は、嘘をついているという自覚と後ろめたさをその人が持っているかどうか、という点ではないでしょうか。

糾弾《きゅうだん》されると、反省しているふりをして論点をずらし、いつの間にか他人に責任転嫁している饒舌《じょうぜつ》な女がいれば、間違いなく悪質な「嘘つき女」です。

女同士はほどほどの距離感で

「昨日まで仲の良かった女同士が、ある日突然犬猿の仲になる。職場でこうなると大変」

部下に女性が多い男性がため息まじりに言いました。男は昨日までの親友を突然嫌いになることはあり得ない、というのです。

確かに女性は、突然誰かを嫌いになります。そしてそれは恋人をのぞけば、対男性よりも対女性のほうが圧倒的に多いのです。

それまで仲の良かった二人が絶縁するきっかけは、大きく分けて二つあると私は思います。

まず一つ目は、「嫉妬」です。同じような境遇で育ち、学校の成績も容姿のレベルも似たような二人。さらに趣味も考え方も似ていれば、大親友になりがちです。しかし、だからこそ、このような二人は危ういのです。

たとえば、同じ男性を好きになり、どちらか一人が選ばれたとしましょう。

「○○ちゃん（選ばれたほう）の幸せを私も応援するわ」

選ばれなかったほうは、たぶんやせ我慢してこう言うでしょう。しかし、心の底では嫉妬が煮えたぎっているはずです。それが人間として自然な気持ちの流れなのですから。

この〈嫉妬〉は、時間が経てばやがて落ち着くでしょうが、完全に消え去ることはありません。

対等ゆえに友情を結んだこの二人は、わずかなバランスの崩れによって「大親友」には戻れなくなってしまうのです。表面上は以前と同じように振る舞ったとしても、目に見えない溝のようなものがどんどん深くなっていくのです。

「嫉妬」が原因での絶縁は、恋人を取った取られたというわかりやすいケースだけではありません。

似たような境遇のママ友同士でも、起こります。共にお受験をし、一方だけ名門私立小学校に受かった場合、何もかも心を許し合う親友同士に戻るのは難しいでしょう。あるいは、共に不妊治療をしていて、一方だけが妊娠した場合も厳しいものがあると聞きます。

要するに、それまで対等だと思っていたのに、突然一方だけ恵まれた状況になった場合、女性は〈嫉妬〉し、その感情の延長線上で〈嫌い〉にまで発展するのです。

次に、上下関係がはっきりした女性間で起きる〈突然の絶縁〉があります。女王様気質で人に命令するのが好きな女性が、たまにいます。また、性格が優しく、人の言いなりに行動しているほうが気楽な女性もいます。この二者が出会うと、凸凹がうまく合わさるカタチで一見仲良しに見えます。

けれどそれは、古い物語によくある〈美人で我儘なお嬢様と、仕える召使いの関係〉に似ています。現実においては、お嬢様役の女性がそれほど美人でもなく、むしろ召使い役のほうが美人だったりします。そのため傍目からはこの二人の関係性はわかりづらく（特に男性には一〇〇％理解不能）、

「性格は正反対だけど、仲がいいのね」

と、周囲からは思われてしまいます。

それをいいことに、〈お嬢様〉は自分の都合で〈召使い〉を振り回します。


じつは私は学生時代ずっと〈召使い〉でした。〈お嬢様〉から渋谷で酔っぱらって動けないから迎えにきてと、当時板橋区に住んでいた私はしょっちゅう呼びつけられました。面倒だから代わりに彼と別れ話をしてきてと言われたこともありました。

同級生なのにこれはおかしい、とさすがに気づき、ある日を境に彼女の要求をいっさい聞き入れないようにしたのです。すると、彼女は私の悪口を言いふらすようになりました。

「ああ、嫌われたたな」

そう感じましたが、元々さほど好きな友達ではなかったので、私に心の痛手はありませんでした。

しかし、何年も〈お嬢様〉の言いなりになっている〈召使い〉は、そのうっぷんを溜めに溜めて、ある日爆発させるのではないでしょうか。

おそらく男性には、このような女性の事情がまったく理解できないのです。女性は、親友ごっこが好きです。男性から見れば「ベタベタし過ぎ」と思えるほど、密に連絡を取り合い、何もかも話し合いたがるものです。

でもだからこそ、突然の絶交も起こってしまうのです。

「親友のことは何でも知っていたい」

「親友とは、何をしても許される関係」

そんな考えは、中学生までにしておき、女友達とはほどほどの距離感で付き合うのが、オトナのやり方なのです。

結婚と離婚のあいだ

結婚は愛か条件か

年頃の娘を二人持つ幼なじみと、久しぶりに会いました。

「いいことと悪いことが、ほぼ同時に起きたのよ」

彼女が私に言いました。

「長女が結婚一年で離婚、次女が力士と婚約したの」

「えっ、力士って、おすもうさん？」

私は驚いて、思わず聞き返しました。

「そうなの。大学時代から相撲部のマネージャーをやるぐらいだったから、根っからの相撲好きだったのね」

幕下の力士だから名前を言ってもわからないわよ。そう言って彼女は、娘と彼のツーショット写真を見せてくれました。

「大きいわねえ」

身長百八十センチ、体重二百キロ、着物姿に、まげを結った彼は、堂々たる力士でした。

「けれど、二人の結婚を認めるのには勇気がいったんじゃないの？」

もし、自分の娘が力士と結婚したいと言いだしたとしたら……？　私には想像もつきません。

「そうねえ。もし長女が離婚していなかったら、私は次女の結婚に反対したと思うわ」


彼女の長女はとても優秀で、国立大学の医学部を卒業した女医さんなのです。頭がよく合理的に物事をとらえる長女は、

「恋愛で無駄な時間を取られるよりも、条件のかなった相手とさっさと結婚するわ」

そう言って、一流大卒で一流会社勤務のサラリーマンとお見合いをし、わずか三カ月で結婚を決めたのでした。

ところが、わずか一年で破局となったのです。それも、長女からの一方的な離婚通

告だったとか。

〈暮らしていくうちに情がわくのではと思ったけど、一年過ぎても結局わかなかったから〉

というのが、彼女が離婚を決めた理由でした。


一方、次女は力士のことが好きで好きでたまらなくて、この人と結婚できるだけで今生の幸せ、という状態であるらしいのです。

「力士なんて、活躍できる期間は短いし、横綱なんてとても無理。結婚しても、この先苦労が待っているのはわかっているけれど」

それでも、娘がこれほどまで大好きなのだし、力士も人柄はとてもいいらしいので、幼なじみはこの結婚を応援することにしたというのです。

「それと、条件だけで結婚した長女が結局失敗したのを見てるから」


結婚相手は条件で選ぶか？　愛で決めるか？

これは、じつに悩ましい問題です。

お見合い結婚でも、幸せな結婚生活を送る人もいますし、親の反対を押し切り大恋愛の末結婚したものの離婚に至るケースも少なくありません。

ただ、大好きでたまらない人と結婚式を挙げる喜び。

期間の保証はないけれど、たとえ短期間でも大好きな人とラブラブな新婚生活を送る幸せ。

これらは、条件だけで結婚した人には、生涯絶対に味わえないものなのです。

人生の大きな喜びを味わいたい貪欲な人は、リスク覚悟で愛だけの結婚に飛び込むべきです。それでうまくいけば言うことはないですし、万が一失敗しても楽しい思い出は、一生心に残ります。

一方、無難で安全な人生を送りたい人は、条件を吟味した相手と結婚したほうがいいでしょう。出会いはお見合いでも、相性が合えば恋愛相手よりもより信頼し合える良いパートナーになれます。私の友人にもこのような夫婦はいっぱいいます。

ただ、安全安心と思っていた条件結婚でも、突然夫が病に倒れたり亡くなったり、というケースもあるのです。

結論としては、どちらも五分五分、というところでしょうか。

大恋愛結婚も、破局した場合に楽しい思い出を引きずって、一向に立ち直れないようだと不幸です。夫に早く旅立たれても、つらいでしょう。

どちらを選んでも、夫や結婚生活に執着し過ぎないことが大切なのだと思います。

もしも離婚を考えたら

「夫と別れたいんですけど」

そんな相談をたびたび受けます。

けれど、私にこのような相談を持ちかける女性の八割は、まず離婚しません。

一方、する人は電撃的に離婚します。

「え、あの人が」

そういう人がまったくそぶりも見せずに、突然、離婚報告をするのです。

思うに、人に相談できるうちは、問題はそれほど深刻ではないのでしょう。本当に苦しい時には、それを口にしようとするだけで心がひりひりして、あるいは涙がこみ上げて喋れなくなるのだと思います。

「喋ってしまえば、問題はほぼ解消している」

とは、よく言われます。つまり、

「夫と別れたいんですけど」

というのは相談ではなく、ただの愚痴なのです。

だから私は、そういう相談を受けると必ず、

「それなら別れたほうがいい」

とアドバイスします。すると、

「でもね、夫にもいいところはあるの」

「でも今は、子どものことを考えると踏み切れない」

「離婚したら専業主婦の私は生きていけない」

彼女たちは間違いなく、このような言い訳をします。

実際、私の助言に従って離婚した女性はかつて一人もいません。だからこそ私は、

「離婚したら?」

と言えるのです。彼女たちが絶対そうしないのがわかっているから。

一方、誰にも相談をしないで離婚を決断した女性たちはじつにサバサバしています。

「あれ以上我慢していたら、体も心もこわしていたわ。今はスッキリ」

晴れ晴れとした顔でそう言い切ります。

職業を持ち、安定した収入のある女性は専業主婦より決断が速い傾向があります。自活のメドがついているのももちろんですが、

「プライベートでごたごたしていたら、自分の仕事に支障が出るから」

という理由も大きいのです。

専業主婦の中には、

「子どもが大きくなれば」

と、熟年離婚を画策する人もいます。夫の定年退職をきっかけに、年金半分こで別居生活に突入した夫婦も実際います。しかし、それは得策でしょうか？

別々に暮らすと光熱費、家賃も倍になります。食材も一人暮らしでは余らせてしまい、不経済です。

私が熟年離婚はなるべく避けたほうがいいと考える理由は、このような経済面だけではありません。人は、年を取ると過去のかなりを忘れるのです。これに関して私は、

体験上断言できます。

「絶対、許せない」

と思っていたことすら、

「えーっと、何が絶対許せなかったんだっけ……？」

となるのです。

五十代前半だとまだ無理かもしれませんが、後半になると徐々に増え、おそらく六十～七十代になるとほとんど思い出せなくなっているはずです。

ですから、過去の遺恨は熟年離婚の理由にしないほうがいいのです。


ただ、過去の瞬間的な大きな怒りは忘れることができても、日々積み重なる怒りは、六十代、七十代、八十代でも消えないと思います。

なので、夫の根本的な性格（人間性）とどうしてもソリが合わず、日々顔を見るだけで苦痛ならば別々に暮らすしかないでしょう。


私は、熟年夫婦の危機は、「家のリフォーム」と同じように考えて乗り越えるのがいいと思います。

さほど問題のない夫婦なら、〈カーテンを変えて気分転換しましょう〉ですむでしょう。

夫婦の関係性によって、〈キッチンの取り換え〉〈二階の増築〉〈土台だけ残して全リフォーム〉などのレベルを選択するのです。

ただし、土台が腐っていたら、その時はもうリフォームは無理なので、新しい家を探さなくてはいけません。

夫婦の土台とは、〈愛〉と〈信頼〉です。

長い年月のうちにそれらの土台が失われてしまっていたのなら、その上にどんなにお金をかけた立派な家を建てたところで、ちょっとした突風であっという間に倒壊してしまうことでしょう。

反対に、土台さえしっかりしていれば、上物がどんなボロ家でも雨風しのいで暮らしていけるのです。

セックスレスの時代

近頃、若い男の性欲がなくなったと言われます。

若い男ばかりではなく、四十代でもパートナーとセックスレスになっている男性が増えているみたいなのです。実際、私はそのような相談をよく受けます。

「イケメンで仕事もできて、申し分のない彼なんですが、ただひとつ問題点はセックスをしてくれないんです。どうしてでしょう」

若い男が草食化している要因としては、最近の除菌ブームが関係しているのではないかと私は考えています。

セックスは、裸で他人の体液（汗、よだれ、その他）にまみれる行為です。電車の吊り革すらも除菌せずにいられないこの頃の男性には、とても耐えられない行為に思えるのでは？

さらに、自分の体臭や体毛にも恥じらいを持ち、消臭スプレーを使い脱毛のサロンに通う男性も増えています。ひと昔前は、

「男の色気は、汗臭いにおいと胸毛」

そう信じられていました。

私個人としては、胸毛はいただけませんが、いい匂いのする男性には惹かれます。

無臭の男に何の魅力がありましょうか。

そのような無味無臭男は女性にアピールできない→女と付き合えない→童貞のまま→性欲は開発されないまま減退。こういう図式なのではないかと、思います。

最近私は、古本市で見つけた宇《う》能《の》鴻一郎《こういちろう》の本を読みふけっているのですが、この昭和エロ小説の大家は、自身の青春を振り返る文章の中で、

「汗まみれで体を密着し、互いの体臭や息のにおいを嗅ぎ合う、ケモノのような行為。けれどそんなセックスを重ねることによって相手への愛情が生まれるのだ」

こんなふうに述懐しています。

今の若い草食系男子たちに、ぜひとも伝えたい言葉であります。

次に、四十代のセックスレス男たちですが、彼らは若い頃、人並み以上に女性経験を積んでいるケースが多いのです。要するにモテ男で、性欲も十分にあったのです。なのに、なぜ急に性欲を失ったのでしょう。

「僕たちはこんなに愛し合っているのだから、セックスする必要はないだろう?」

ある女性は、そんなふうに彼から言われたのだそうです。彼女はとても優秀で、しかも美人のアラサー女性です。

〈完璧に美しいと、男の性欲は減退する〉

じつはこの言葉も、宇能先生の著書から拝借したものであります。

近年、日本人女性はますます美しくなってきています。しかし、昔も美女はある一定数いたわけで、美しいことが男の性欲減退に結びつくという理屈にはなりません。

ところが男女雇用機会均等法以降、美しいだけでなく仕事も完璧にこなす優秀な女性が社会に増えていきました。美貌プラス優秀。もうこうなったら大概の男は降参するしかないでしょう。そして性欲もまた、減退するのです。

そして、元イケメンの仕事がデキる四十男は、彼らより十歳以上年下の美人好きが多いものです。美貌プラス優秀プラス若さ。これでは性欲減退どころか消滅してしまうのも無理はありません。

彼ら四十男は、案外年上女性や十代のヤンキー娘だとセックスできたりするのです。男とは、どこか自分が優位に感じられる女性でないと奮い立たせられない生き物なのでしょうね。

一方、若い女性の中にも、

「セックスなしで、添い寝をしてくれる男性のほうがいい」

そういう傾向にあるそうです。

こういう女性と草食系男子、もしくはインポテンツの四十男が付き合えば、世の中平和なのです。ただし、少子化は進みますが。

しかし、まったく手も触れないよりは添い寝のほうがずっといいことだと思われます。なぜなら、添い寝だと相手の肌の温もりが伝わりますし、においのこもった息を嗅ぐこともあるでしょう。無味無臭な空間に閉じこもっているよりは、大きな前進です。

草食系男子を好きになったら、まず添い寝から始めてはどうでしょうか？　最初は三十センチぐらい隙間を空けて。それから徐々に距離を縮めて、ついには肌を密着させるまでに。

「女の子は怖くないのよ」

ということに時間をかけて慣らしてゆけば、草食君の体も開いてくるのではないでしょうか。

何だか、野生の小動物を少しずつ手なずけていく方法に似ていますが。

セックスレスと離婚率

日本人夫婦の多くが、セックスレスだと言われています。

恋愛中は互いに燃え上がり頻繁に行っていた行為が、なぜか結婚や出産を境に回数がどんどん減り、中年を迎える頃には完全なセックスレスというパターンが多いように思えます。

「だって妻は家族だから、とてもそんな気にならない」

既婚男性からは、そんな声をよく聞きます。

なんとまあ身勝手な意見でしょう。しかも彼らは「そんな気」を、外で解消していたりするのです。

妻も同じくらい「その気」がない場合は、子どもの数は増えませんが、とりあえず波風の立たない平穏な家庭だと言えます。

しかし、妻にまだ夫に対する「その気」があった場合は悲劇です。女性は男性と違い、外で気軽に性欲を解消することがほぼできませんから、悩みは深刻化するはずです。

しかし、このことで妻が夫に離婚を申し出たところで、

「何でそんなことぐらいで離婚するの？　僕たちはこんなにうまくいっているのに」

そうかわされるのがオチです。また妻自身も、

「セックスレス以外に夫に対して大きな不満はないし、一緒に生活する相手としては十分だし」

そんなふうに考えて、実際離婚にまで発展するケースは少ないのではないでしょうか。

共同生活をするパートナーとしての相性の良さと、男女として惹かれ合う相性は、まったく別のものであるということ。

これがつまり、日本人夫婦がセックスレスなわりに離婚しない理由だと、私は思います。

生活を共にする相手とは、価値観や行動のテンポが似かよっていることが大切になります。価値観の中でも、特に金銭感覚は重要です。あまりにかけ離れていると、夫婦喧嘩が絶えない家庭になるでしょう。

また、生活するテンポがどちらかがせっかち過ぎ、あるいはノンビリ過ぎでは互いにストレスが溜まって疲弊します。案外見落としがちですが、互いにくつろぐ相手とは、日常のリズムがとてもよく合っているものなのです。

けれど、男女としての相性は、それらとまったく無関係です。むしろ、価値観の違う相手に欲情したりするのです。

また、共同生活をする相手としては、じれったくてイライラする女性であっても、恋人としてはモッタリしているほうが色っぽいと男は感じるものらしいのです。日本男性の多くは緩いテンポではにかみながら、でも逆らわない女性を好むというデータもあります。しかしこの手の女性と一緒に暮らすと、よっぽど度量の大きい男性以外は、イラつき始めます。イライラしてあげくに暴力を振るったりするのです。

生活を共にするのは、テキパキとよく働くさばさばした女性がいい。しかし、どうもそそられない。したがって性欲は外で処理する。そんな男性が多いのが、日本における夫婦間セックスレスの一因ではないでしょうか。

一方アメリカでは、夫婦間のセクシャルな関係こそが重要と考えられています。なので、男女の愛情が失われると、即離婚となるらしいのです。アメリカの離婚率が高い（ある統計によると日本の一・五倍）のは、たぶんそのせいでしょう。

日本人は世間体を気にするため、男女の愛情が失せても離婚しないと言われることがあります。

しかし私は、世間体よりも日常の快適さゆえに離婚しないのではないかと考えます。そもそも、恋愛状態とは非日常です。快適な日常を選択した段階で、激しい性生活を求めるのは無理、という結論にたどり着くのです。

年老いて夫が先立ったあと、
「これで夜の生活から解放されるわ」
と喜ぶ老妻の話も時たま聞きます。

このように夫婦とセックスの問題は、正解がありません。どちらか一方が我慢するのではなく、互いに譲歩して、解決策をさぐるしかないのでしょう。

心を許した相手と、肌の温もりを感じ合うことは、直接的な性行為よりもずっと心安らぐと、私は個人的に思っています。

女の脳は冷凍庫

「どうして女は、そんな昔のことを今さら持ち出すのか？」

男性がよく口に出す言葉です。

特に夫婦間では、喧嘩のたびに妻が夫の過去の過ちを蒸し返すものですから、夫もついこの言葉が出てしまうのですね。


高齢の夫が三十年以上前の浮気を楽しい思い出として喋ったところ、同じく高齢の妻が激怒して夫を殴り殺したという事件が、昨年世間をにぎわせました。

ずいぶん昔のことなので、過去のあやまちも、

「あら、ずいぶんと楽しいことしてよろしかったわねえ」

そんなふうに妻も笑って同調してくれるとでも思ったのでしょうか？　母親に、初

恋の女性について話をした時のように。

だとしたら、思い違いもはなはだしいですね。


女の脳は、冷凍庫である。

そう、私は考えています。夫の浮気に対する怒りを瞬間冷凍し、保存するのです。

そして、五年後、十年後、何かのきっかけにその〈嫌な思い出〉を、これまた脳内の高性能レンジで瞬時に解凍するのです。

冷凍マグロをレンジの解凍モードでチンすれば、新鮮なお刺身となります。

それと同様に、冷凍保存されていた夫の裏切り行為が、チンされるやいなや妻の脳裏に色鮮やかに蘇るのです。怒りがむくむくと時を経て損なわれることなく、腹の底からわき出てきます。そして昨日の出来事のように、夫を責め立てる……。


男は、しかしそのことにまったく気づいていません。

夫婦喧嘩のあと、妻がその件について口を閉じて責めることをやめた姿を確認すると、

「妻はもう許している」

と勝手に解釈します。本当は、新鮮なまま冷凍保存されているに過ぎないのに。

夫のモラハラに苦しんでいた友人が言いました。

「子どもが大きくなったら、絶対離婚してやる」

彼女はそう決意していたのです。しかし下の子がまだ中学生の時に、夫がくも膜下出血で急死します。

さすがに彼女も、五十代で亡くなった夫を哀れに感じ、死の直後は熱心に供養をしていました。

ところが三回忌を過ぎたあたりから、

「やっぱり夫のモラハラを思い出すと、はらわたが煮えくり返る」

その思いから、仏壇の位牌をひっくり返して後ろ向きにし、こちらからは戒名《かいみょう》が見えないようにしたというのです。

彼女もまた、脳の冷凍庫内にいっぱい怒りのタネを詰め込んでいるのでしょう。

また、別の女性の話です。

彼女の夫は仕事人間で、家族を顧みずただ会社に忠誠を尽くすだけの人生を送っていました。

そんな夫ですが、とうとう定年退職することになりました。すると今まで放ったらかしにされていた妻が、毎晩夫の枕もとで、

「○月×日。長女が病気で高熱を出していたのに、あなたは会社から帰らなかった」

「●月△日。ゴールデンウィークで世間は家族連れで行楽に繰り出しているのに、あなたはやはり出社していた」……

そんなふうに延々と過去を責め続け始めたのです。

私も女として、この妻の行為はまあわからないでもないですが、夫がすでに忘れているような出来事を並べ立てても、相手も対処のしようがないと思います。

それにこのテの男性は、会社のために家族をないがしろにすることを、決して悪いことだと思っていないので（むしろ、仕事人間こそ立派な生き様と誇りに思っている）、責めるだけ無駄なのです。

女性が男性を責めるのは、相手に謝罪させたいからだと思います。しかし口では

「すまん」と言っていても、彼の心の中は、

「早くこのヒステリーが去ってくれないかなあ」

なのです。

ですから、脳内冷凍庫から男を責める素材を取り出し解凍したところで、問題は少しも解決しません。むしろ男を追い詰める女として、どんどん価値を下げていってしまうのです。

それよりも、せっかく優れた冷凍庫を持っているのだから、過去の楽しい瞬間をフリーズすることに使ってはいかがでしょうか？

そして、時々解凍して、

「いろいろあったけど、こんな楽しいこと、あんなに幸せを感じたこと、一緒に経験できてよかったね」

そう話しかけることのほうが得策のように思います。

理想の夫

ＮＨＫ朝の連続テレビ小説「あさが来た」（二〇一五年九月～二〇一六年四月放送）の主人公あさと、夫の新次郎の夫婦関係が話題です。

家の外に飛び出しバリバリ仕事に励む妻に対し、夫は道楽三昧の日々。しかし、妻が働くことに強く文句は言わず反対もせず、陰でそっと支えてくれる。しかも、イケメン。

明治時代の話ですが、新次郎は平成の働く女性にとって、ある種、理想の夫なのではないでしょうか？

私の周囲でも、口が立ってバリバリ働く気の強い女性には、口数の少ない気の優しそうな男性が夫であるケースがほとんどです。

「俺が一番。俺の言う通りにやっていれば間違いない。黙って俺についてこい」

仕事に精進する今の女性は、そんなオラオラ男とはまず結婚しません。

昭和五十年代までは〈黙って俺についてこい〉タイプの男性が、若い女性の結婚相手として大人気でした。そして、その頃時代の先頭を切って走っていると思われた優秀な女子アナや美人女優が、なぜかそのような家庭持ちのオラオラ男に引っ掛かって、不倫したり駆け落ちしたりしたのです。

もう時効だと思うので、たとえとして松方弘樹さんと仁科亜季子さんカップルを挙げさせてください。

家庭持ちで強面《こわもて》のプレイボーイ・松方さんと、歌舞伎の名家のお嬢さんで清純派女優として人気だった仁科さんとの不倫報道は、当時世間をあっと驚かせました。

しかし、私はさほど驚きませんでした。

私の周囲では、お嬢様育ちの美人ほど、オラオラ男に引っ掛かっていたからです。

私が分析するに、美人は高嶺の花なので並の男は声をかけづらい。そのため、美人は案外男性と付き合うことができないのです。

しかしオラオラ男は自信たっぷりなので、遠慮なく美人に近づきます。すると美人は、彼の図々しさを「男らしさ」と勘違いして、「私をリードしてくれる男らしい人」と惚れてしまうのです。

あの時代、各局の看板美人アナは軒並みこのオラオラ男にやられてましたね。フジテレビのMさんや、NHKのIさん。

今の女子アナはIT長者やスポーツ選手と結婚するケースが多いようですが、ひと昔前は資産や年収よりもただのハッタリ男が、美人を獲得していたようです。


しかし、頭の良い女性はすぐに目が覚めます。

「どうもこの男は薄っぺらい」

「男っぽいと思っていたけど、じつは些細なことでキレる、器の小さな男だったわ」

一度冷めると、行動が早いのが女性。

実際、例に挙げさせていただいた彼女たちもみな離婚しました。

さっさと離婚して、次の相手を探し始めるのが、女性です。

二度と同じ轍《てつ》は踏むまいと考える彼女たちが選ぶのは、オラオラ男とは正反対の、一見頼りないけれど自分を支えてくれる、つまり「新次郎」タイプの男性なのだと、私は思います。

ドラマとは違い、現実には働く妻を応援する金持ちのボンボンはほとんど存在しません。なので、〈自分は非力だが働く妻の邪魔をしない〉という新次郎エキスを抽出した男性を、今の働く女性たちは求めているのではないでしょうか？

しかし、新次郎タイプで自分の仕事の邪魔をしない、気のいい道楽男だと思っていたら、じつはただのダメ男だったというケースもあります。

最近出会ったある女性は、

「僕は僕で自分の好きなことをして生きるから、キミは自分の仕事に励んで。家事もなるべく分担するよ」

そんな男の言葉を信じて同居生活をしていたのですが、ある時彼が彼女の財布からカードを抜き出して、数百万円を引き出していたことに気づいたというのです。

オラオラ男も困るけれど、ヒモを通り越したドロボウ男はさらにひどい。

実家が金持ちで、妻が働くことに理解を示し、陰ながら応援してくれる〈新次郎〉は、やはり現実にはほとんど存在しないのでしょう。

だからこそ、そんな彼がドラマの中で人気となるのだと思います。

夫婦のカタチ

M氏夫妻は、三十年来の私の友人です。

最初は、ママ友として、夫人と私が知り合いました。次にイベント関係の仕事だったご主人M氏の仕事の依頼を受け、以来ご夫婦共に親しく付き合うようになったのです。

社交的で何でもテキパキとこなす姉御肌の夫人に対し、おっとりして口数少ない芸術家タイプのご主人。性格は正反対の二人ですが、逆にそれが夫婦としてはうまく機能しているように私には見えました。数年前、私の山荘に夫婦が初めて訪れた時のことです。

「晩ご飯は、洋食と和食のどちらがいいですか？」

私が尋ねると、

「私は、洋食!」

「僕は、どちらでもいいですよ」

即座にはっきりと自分の意見を口にする夫人のあとに、ご主人がおずおずと返事をするのですが、どんな質問に対しても〈どちらでもいいですよ〉だったのです。

目玉焼きにかけるのは醬油ですか? ソースですか?

ドライブしますか? 家でくつろぎますか?

DVDを観ますか? CDを聴きますか?

それらすべての問いに、彼は〈どちらでもいいですよ〉と答えたのでした。

もしくは、夫人が彼の代弁をするか。

「あなたは醬油よね? 醬油お願いします!」

といった具合に。

そんな二人を見て、〈まるで、小学生の息子とその母親ではないか〉と私は半ば呆れ、半ば感心したのでした。

M氏は数年前に定年退職した六十代の男性です。この年代の男たちは、亭主は家で威張って当然と考えています。家事も育児も妻任せの仕事人間が、ほとんどではないでしょうか。

ところがどうもM氏には、その世代が持つ〈男の沽券《こけん》〉といったものがまったくないみたいなのです。

すべて、妻の言いなり。自己主張せず妻に従い、反論もいっさい行わず。

滞在中に夫人が私とのツーショットをスマホで撮るようにM氏に命じ、彼は言われるがままにカメラのボタンを押しました。

「何よ、この写真ひっどいわねえ。下手くそ。やり直してよ！」

そんなふうに妻から罵倒されても、嫌な顔ひとつせずOKをもらえるまで写真を撮り続けたのでした。

私が観察する限り、M氏は我慢しているふうにも、妻に怯えているふうにも見えませんでした。

「妻が望むことなら、僕は喜んでやります。男のプライドなんて、どうでもいいんです」

心からそう思っているように見えたのです。

じつは、私の知人にもう一組同じような夫婦がいます。こちらは、夫も妻も七十代です。夫の定年後に急に立場が逆転したというのではなく、若い頃から妻の意見に夫が従うカップルだったのです。リベラルな学者夫婦なのですが。

ところで最近、子どもが結婚したばかりの母親たちから次のような愚痴をよく聞きます。

「息子ったら嫁の言いなりなのよ。情けないったら」

「娘のダンナは、いっさい娘に反論せずに顔色ばかり窺っているみたい。私たちの時代では考えられなかったわ」

つまり、近年結婚したカップルでは亭主関白はほぼ姿を消し、一方「M氏夫妻タイプ」が増えてきているのです。

そこで私は、推測しました。

ここのところ、未婚率が上昇し、結婚しない男女が増えているのは、女性の多くが「M氏タイプ」としか結婚しないからではないか、と。

昔から「M氏タイプ」はいたのです。男子の沽券を捨てて妻に従うタイプが。しかしそれは、どの時代でも全男性の中のほんのひと握りの数しか存在しないのです。

そして、仕事ができて自分の主張は譲れない女性が結婚相手に求めるのは、まさにそういうタイプ。が、いかんせん絶対数が少ない↓だったら結婚しなくてもいいわ。これが、私が考える未婚率増加の一因です。

じつは、私の夫の両親がまさにこの組み合わせでした。

働き者で口が達者な姑に、舅はただ言われるがままに動いていました。舅もまた、口数の少ない男で、妻に反論する姿はついぞ見たことがありませんでした。

それでも臨終の際には、妻に感謝の言葉を述べ、それを耳にした姑は号泣していました。

愛し合った夫婦だったのでしょう。

威張りちらした夫が大嫌いで、介護をするのも嫌だと拒否する妻よりは、間違いなく幸せだったはずです。

オトナのお作法

悪口との上手な付き合い方

「Aさんが、あなたの悪口を言っていたわよ」

女友達からそんなふうに告げられ、傷ついたことはありませんか?

告げ口をしたBさんも、悪口を言ったとされるAさんも、親友だとあなたが思っていた場合、

「私のいない場所で二人は私の悪口を言い合っているに違いない」

そんな妄想が広がって、彼女たちとはもう会いたくない憂鬱な気分になることでしょう。


女性の悩みの七割は、人間関係と言っていいぐらいです。

誰だって、人から悪く思われたくありません。だから、自分の悪口を言っている人

がいると知ると深く落ち込むのです。

でも、あなたもじつはちょこちょこと、人の悪口を友人に喋っていませんか？思い出してみてください。そしてそんな場面であなたが発した悪口は、相手の全人格を否定するほどの憎しみを込めたものではなく、「ほんのちょっとした軽口レベル」だったのでは？

笑い話にして、ストレス解消しているだけ。むしろ喋ってしまえば、そのあとで、「こんな欠点のある人だけど、それもまあ愛嬌か」

そんなふうに思い直したこともあったのでは？

それと同じで、誰かがあなたの悪口を言っていたと聞かされても、それほど深刻に受け止める必要はないのです。

言ったAさんは二十四時間あなたのことばかり考えて、憎しみをたぎらせているわけではないのです（姑だと、二十四時間嫁を憎んでいるケースあり）。

でも、悪口を言われたほうは、そのぐらいの被害妄想を膨らませる人もいます。

店長に注意されただけで店に火をつけるバイト店員のように、膨らんだ被害妄想は、犯罪にまで進展することもあるから厄介です。

このように、悪口は言ったほうも、言われたほうも、多大な被害を受けかねないのです。

言わないに越したことはないのですが、それでも先ほど挙げたように、悪口はストレス解消の役目も果たしてくれるいい点もあります。

「人の悪口ぐらい楽しいことはないわよ」

瀬戸内寂聴さんが公言されているぐらいですから。

そこで、オトナが悪口を言う時の作法を考えてみました。

1　強い言葉は用いない

言葉には、チカラがあります。そこで、「嫌い」という強い言葉を用いるのはまず禁止しましょう。

その代わりに「苦手」「あまり好きじゃない」、こういった言いまわしを使えば、たとえあなたの発言が相手に伝わったとしても、柔らかな印象になります。

「あなたのこと嫌いと言っていたわ」より、

「あなたのこと苦手と言っていたわ」

のほうが、関係修繕の可能性を秘めて、前向きな感じがしますから。

2　その場で笑いにもっていく

人の悪口を言ったその場で、

「なーんちゃって。私も○○だから人のこと言えないけどねー」

と自虐《じぎゃく》ネタで笑いにもっていけば、さっき言ったAさんへの悪口もギャグの一端だったのね、と捉えてもらえます。

すると、その場にいた人からAさんに悪口が届くことはまずありません。

3　悪口を言う相手を厳選する

男でも女でも、口の軽い人間相手には絶対、共通の知人の悪口を喋ってはいけません。かなりの確率で相手に伝わると思っていいでしょう。

口の軽い人間かどうか判断する基準は簡単です。

「××さんから聞いた話だけどねえ」

と、情報源の名前を挙げて話をする癖のある人は危険です。逆に、

「知り合いの話だけど……」

と匿名で切り出す人は、まあ安全でしょう。そして、

「その知り合いって、誰?」

とこちらから問い詰めても、それは言えない、と頑なに拒む人なら、一〇〇%安心です。


悪口とは上手に、付き合っていきましょうね。

苦手な相手の処し方

知り合いの三十代の女性、A子さんから相談を受けました。

「苦手な女性がいるのです。その人の飼っている犬がいつも私に吠え、しかも散歩の途中で工事用コーンや他人の家の前でオシッコをしても平気なんです。それが嫌で嫌でたまらないくせに、彼女に会うと『可愛いワンちゃんね』と嘘をつく自分にも自己嫌悪なんです。どうすればいいでしょう？」

私は、答えました。

「あなたの悩みは、一般には十代の若者が抱える内容のものですね」

「そ、そうですか？」

「A子さんは純粋で優し過ぎるんです。その人に吠え癖やオシッコのしつけを注意して、二人の関係が気まずくなるのが怖いんですよね？」

「その通りです」

「犬のしつけもできない人とは交流を絶つか、もしくは犬に吠えられても気にしない人間に自分を変えるか、そのどちらかですね。彼女と友好な関係を維持したいなら」

「えーっ!?」

「もしどちらも難しくて、今のところちょっとムカつくレベルだとしたら、このまま、なあなあで流すことです」


A子さんが問題にしている苦手な女性は、散歩の途中で時々会う人らしいのです。だったら会わないようにすればすむ話です。でも、犬のしつけ以外に問題はなく、近所のお店の情報交換をしたりもしているので、完全に彼女と会わなくなるのは寂しいみたいなのです。

苦手な人、嫌いな人ができてしまったら、会わないようにするのが、ベストです。しかしそれが、上司だったり姑だったりママ友だったりすると、抜け出すことが不可能になります。

私にもありました。

三十代の頃、嫌でたまらない人と一緒に仕事をしなくてはいけない状況になりました。

家柄と学歴はいいのですが、他人の気持ちを慮《おもんぱか》るのが不得手で、自分の経歴を平然と自慢するくせに服装には無頓着で、いつも肩にフケが落ちているような中年男性でした。

私生活では、絶対に同席したくないタイプです。

でも、邪気はない人なのです。私が苦手なだけで、人間的な重大な欠点はありません。ちょっと昔の言葉で言えば、KYなだけのダサメン。

その苦手を克服するために私がとった行動は、彼と顔を合わせる時は、必ずおおげさに彼を褒め上げる、という作戦です。

「B男さんて、さすがK應大学を下のY稚舎から上がってきただけのことがありますねー。同級生にそんな名士の方々が、すごーい。すごおーい」

心とは真逆の言葉を口にすると、逆におかしくなってきて、嫌な気持ちも吹っ飛んで楽しくなってきました。

そんな見え透いたお世辞を素直に喜ぶB男さんを目の前にすると、逆に可愛らしさまで感じるようになりました。

そうしょっちゅう会う相手でなければ、これは有効な手です。

相手も気分がよくなり、仕事もスムーズに進みますから。


話が少しそれますが、心とはまったく真逆なことを口に出してみると、それまで膠《こう》着《ちゃく》していた人間関係も、がらっと変わったりします。

たとえば大っ嫌いな夫に、

「今まで素直になれなくてごめんね。本当はずっと大好きだったの」

と言ってみてください。面白い反応が返ってきますよ。

ただ心裏腹作戦は、たまにしか会わない相手には使えますが、会うのが避けられなくて、なおかつしょっちゅう顔を合わさなくてはいけない相手（じつはこれが最大の敵なのです）だと、こんな小芝居では持ちません。

苦痛が精神を病むレベルだと自分で気づいたなら、
1　はっきり、文句を言う
2　とっとと、逃げ出す
この二者択一しかないのです。一刻の猶予もありません。

近隣トラブル、会社内、あるいは学校内でのいじめによる自殺のニュースが絶えません。

そうなる前に、1か2を選んでほしいと思います。

ママ友とのお付き合い

平日の午後、近所のタイ料理屋で娘とランチをしていた時のことです。私たちの隣の席に、私立小学校のママ友と思しき四人グループが座りました。

「あの人って、ほら本心を明かさない感じじゃない」

「表情も乏しいしね」

「だから絶対付き合いたくないって思うの」

BGMが流れない狭い店内のため、彼女たちの会話がすべて丸聞こえだったのです。どうやら、その場にはいないママ友の一人をやり玉に悪口を言い合っていたようです。まるでテレビドラマのワンシーンのようだ、と私は驚きました。ここまで露骨に知人の陰口を叩き合えるものなの？　一人ぐらい、

「でも、彼女にもいい点はあるのよ」

とかばう人間がいてもよさそうなものだけど……。

その標的となった女性と付き合うのはやめましょうという結論が出たあと、同じ小学校に子どもを通わせている某女性タレントの話になりました。

「……ちゃん、参観日にお母さんは絶対来ないのよ。離婚して母子家庭だから、お母さんは稼がなきゃいけないの。参観日はいつもおばあちゃんね」

一人が話し、残りのメンバーは、ああそうなの、ふーん、と相槌を打ったのでした。

食事が終わり店を出た私は娘に、さっき隣の席で話題になった女性タレントについて知っているか聞いてみました。すると、

「怖くて、途中から耳をふさいだから、わからない」

と、娘は答えたのでした。

私には子どもが二人いますので、小・中・高とそれぞれにママ友がいました。長女も長男も、小学校は公立で中・高は私立です。

小学校の頃は、ママ友という関係性が新鮮で面白く、ランチやお茶会にも参加したものです。しかし、中学・高校になると次第におっくうになってきました。

小学生は無邪気ですが、子どもが成長するにつれややこしいことが増えてきたからです。

娘の通う私立のお嬢さん学校は、アラブの富豪かと見紛うばかりの金銀アクセサリーを身にまとう人がいたり、東京の名家と呼ばれるおうちの人がいたりしました。その一方、進学校でもあったので、一流大学受験のために親の生活費を切り詰めて通わせているサラリーマン家庭の人もいました。

当然のように境遇別にグループができ、そのグループ内でさらに、娘の容姿・成績でヒエラルキーが形成されていたのです。

中高生のスクールカーストが話題になりますが、ママ友のカーストはさらに複雑です。

ママが金持ちで美人でも、娘の容貌が劣って成績も振るわないと、カーストの上には行けないのです。ああ、ややこしい。

私は、仕事を口実にママ友付き合いを減らしていきました。陰では、相当な悪口を言われていたことでしょう。しかし、その頃のママ友とはもう誰とも私は付き合っていないので、今となっては痛くもかゆくもありません。

息子は中高一貫の私立の男子校に通っていました。この学校の目的はただ一つ、「一流大学への進学」です。ママたちも、息子をいい大学に入れたい、ただその一心でした。なので、ママが美人だとか金持ちであるとかは、この学校でのママカーストではまったく無関係でした。子どもの成績と大学の偏差値しか興味の対象がないわけですから、当然のごとく成績優秀者のママがヒエラルキーの頂点でした。

このように、「ママ友」とひと口に言っても、子どもの学校によって構成がずいぶん違ってくるのです。

すでに子どもたちが成人した私が振り返って思うに、ママ友とは子どもが学校に通う間のごく短い期間の人間関係と、割り切るのが一番です。

特に私立だと、居住地も離れているので子どもが卒業したら二度と会わない人たちです。

地元公立校でのママ友は、そこに住み続けると顔を合わせることもあるかもしれませんが、定期的に会うことがなくなれば、徐々に疎遠になってゆくものです。

たまたま子どもが同じ学校というだけで、仲良しのふりをする必要はないのです。友達とは、一緒にいて居心地がいい人、楽しい人、いい刺激を与えてくれて尊敬できる人、のことだと思います。一緒に誰かの陰口を言い合う人は、これらの条件から外れます。

あるグループの結束を強めるためには、共通の敵(悪口を言う対象)を持つのが一番だと言われています。ママ友グループは、この誤った結束に陥りがちなので、ご用心を。

お誘いの上手な断り方

お誘いや依頼を断ることは、じつは大変難しいことなのです。受けるほうが気持ちとしてはずっと楽です。けれどこちらにもいろいろな事情もあって、すべてを受けるわけにはいきません。

誰だって、誘いや依頼を断ってきた相手に対してはいい感情を抱きません。なので、相手に不快感を抱かせないための、最良の断り方を選ばなくてはいけない。ところがこれが、なかなか難しいのです。

たいして面識もない相手から「○○を祝う会」の招待状が届くことが、私にはよくあります。

義理だけで出席するパーティーはすべてお断りすることに決めているので、

「あいにくその日はすでに予定が入っており」

の一言を添えて、すぐに欠席の返事を出すことにしています。時間を置くと、

「出欠を迷ったあげくに欠席することにしたのだな」

と、相手に勘繰られそうだからです。なので、

〈断る時は、迅速に〉

が鉄則なのです。

予定に関しても、

「その日はあいにく地方での仕事が入っており」

とします。これだと、

「その日、東京にいないのなら仕方がないな」

と思ってくれますし、都心からみれば武蔵野地方の私の仕事場は〈地方〉と言えるでしょう。これなら嘘をついていることにならず、気持ち的に楽なのです。

女子会のお誘い。ママ友の集まり。これらを断るのは、さらなるテクニックが必要です。

「××さんは、誘ってもいつも断るから、次回から誘うのをやめましょう」

これは実際、私がママ友会で耳にした言葉です。

女子会でも、同じようなことが行われているのではないでしょうか？

私の経験から申し上げると、四回のうち一回断るぐらいなら、仲間は許容してくれます。

その断る理由を「姑の介護」とか「持病の検診のため病院に行く」とか、何だか大変そうねという印象を相手に与えるものにするとさらにいいでしょう。

「主人のお誕生日」とか「息子が一流小学校に受かったお祝い会」といった、嫉妬を買いそうな理由は、たとえ事実であっても言ってはいけません。その女子会仲間に独身女性がいる場合は、特に。


男性からのお誘いを断る場合は、簡単です。

妻子ある上司からの、下心が透けて見えるお誘いには、

「同期の△△さんも一緒に連れて行っていいですか？」

たいていの男性はこれで、この娘は俺に気がないな、と気づきます。

それでも懲りずに、しつこく二人きりの食事を誘ってくるようであれば、

「ありがとうございます、また今度」

のやり取りを繰り返し、繰り返し、そして、その「今度」は永遠に訪れない……。

このテクニックを私は、ある地方女子アナさんから伝授されました。

女子アナとなれば、プロデューサーやCMスポンサーなどからのお誘いはむげにできません。

しかも、地方だとまだ金に物を言わせて、女子アナを何とかしてやろうと考える不《ふ》埒《らち》な成金がいるそうなのです。

そこで彼女は、必殺「また今度、誘ってくださいね〜」ワザを編み出したと言います。

私は最近はもう男性からのお誘いは皆無なので、女子からのお誘いだけなのですが、誘ってくる人って大体決まっていませんか？

誘う人A子がいて、引きずられるように彼女の交友範囲から人が集められる……。

一方、誘わない女性は、自分が中心となって人を集めたりは絶対しない。

つまり、誘う人A子は寂しがり屋でいつも人を集めたいだけ。実際、A子の話がそんなに面白いものでもない。そんな会合にそう頻繁に顔を出す必要もないのでは？

私は最近そんなふうに感じ始めています。

本当に自分を理解してくれている友達は、

「その日は、人に会いたい気分じゃないから」

そんな我儘な理由でも受け入れてくれ、しばらくすれば何ごともなかったように、誘ってくれるものなのです。

贈り物の憂鬱

贈り物を選ばなくてはいけない時、私は悩んでしまいます。

何を贈れば相手に喜んでもらえるのか考え始めると、ああでもないこうでもないと収拾がつかなくなってしまうのです。

というのも、私には人からもらって嬉しくないものがじつにたくさんあるからです。

オトナですから笑顔で受け取るのですが、内心、

「ああまた、不要な物が我が家に持ち込まれた」

とがっかりしているのです。

その最たる物が、銀行や保険会社がくれるマスコットの類です。可愛いキャラクターグッズを二個も三個もくれるのですが、孫もいない私にいったいどうしろという

のでしょう？

企業の頒布物《はんぷ》では、クリアじゃないクリアファイルも困ります。宣伝文句や契約タレントの写真が印刷された半透明のクリアファイルは、中身が見えなくて役に立たないのです。

その点、食料品なら外れがありません。日持ちのする和洋菓子は大歓迎なのです。

ジュース、コーヒー、紅茶類もどんどん消費しますから、私には嬉しい贈り物です。

ただ、ジャムは困るのです。私は、ジャムを使わないため、よくあるクッキーとジャムの詰め合わせセットをもらうと、ジャムばかりが何十個も残ってしまうのです。

けれど、贈る側に悪意などまったくないのです。

「人気のマスコット、きっと喜んでもらえるはず」

「ジャムは、毎朝トーストに欠かせない物。保存もきくし、もらって困る人はいないはず」

おそらくそんなふうに考えているのでしょう。

花を贈られることも少なくありません。

もちろん大好きなのですが、籠に入ったアレンジ花だと咲き終わったあと、花（燃えるごみ）、スポンジ（水を切って燃えるごみ）、針金（不燃ごみ）、籠（材質により仕分ける）の処理が面倒なのです。

鉢植えも同様、枯れたあとの鉢がどんどん溜まっていきます。


だから、私は悩んでしまうのです。

〈私〉がもらって嬉しい物と、人がもらって嬉しい物は一致しないということ。けれどじつに多くの人がこれに気づかず、贈り物を続けているのです。

夫のプロダクションは、毎年仕事でお世話になった方々へお中元とお歳暮を欠かしません。私は、もらって嬉しかったお中元のほうが少ないのだから、この制度は廃止したほうがいいと思っているのですが。

ある夏、夫に今年はどんな物をお中元で贈ったのか聞いてみました。

「どんこしいたけの詰め合わせ。五千円相当の高級品だよ」

夫は胸を張りました。彼は、どんこが大好きなのです。しかし、贈った先には独身編集者も多く、また料理嫌いの奥さんを持つ男性だっているはずです。そして、料理は好きでも、その中に「どんこ」好きがいったいどのぐらいいるというのでしょうか？

それでも、

「大変結構な品をお贈りくださりありがとうございます」

というお礼の葉書が届くものですから、夫は自分の選択に満足しているのです。

大体、大勢の人に同じ物を一斉に贈る「お中元」「お歳暮」というシステムに問題があるのです。

贈り物は、贈る相手の年齢、環境、好みをじっくり考慮してから決めるべきなのです（それでも、時々失敗するのですから）。

それでは、気に添わぬ物を贈られた時は、どのように対処すればいいのでしょう。

「ありがとう、でも私はジャムは使わないの」

そう正直に告げることができればどれだけ気が楽でしょう。しかし、それは礼儀知らずというもの、オトナでは許されません。笑顔で受け取り、お礼を伝えます。

そして後日、気がおけない主婦友達を集め、不用品市を開催するのです。そこには、ジャム好きもいれば、「近所の子どもに配るわ」と言ってマスコット人形を喜んで持って帰ってくれる人もいるのです。

私はその会で日本茶をゲットします。一日三回、日本茶を飲む私には必需品なのです。しかしなぜか、そういう物に限っていただけないのですね。

「お茶なら腐るほどあるわ」

盆暮れに贈り物が多く届く開業医夫人が毎回大量のお茶を持ってきてくれて助かります。

このように、気に入られない贈り物も、どこかで誰かに喜ばれることもある……そう考えると贈り物選びも気が楽になります。

怒りを逃がす方法

怒っても、良いことなど何もないのです。

怒るとその瞬間は、あなたの感情は気持ちよく発散します。あなたの形相に周囲は驚き、あなたを丁重に扱い始めたりもします。それはそれで、また気持ちいいものです。

しかし、相手がびびっている時間は長くて数十分。短いと数十秒で終わってしまいます。

その代わり、怒りをぶつけられた相手はその後長い間、あなたに憎しみを抱きます。

もし第三者がその場にいたら、あなたの悪評はまたたく間に広まり、その後何年も(ひょっとしたら何十年も)、

「キレやすい、扱いにくい女」

そう周囲に思われ続けることでしょう。

このように、感情的に怒りを爆発させてもいいことなど何もないのです。


じつは私は子ども時代、じつにキレやすい性格でした。

毎日些細なことで怒りがつのり、それを解消するために、幼稚園の頃は卵の殻を金槌で叩きつぶしたりしていました。

小学校低学年までは両親の前で泣き叫ぶこともしょっちゅう。

しかし、さすがに小学校高学年になると、

「このままの性格では、マズい」

と気づき、怒りを収める方法をあれこれ試行し始めました。


その結果、ある方法にたどりつきました。そのおかげで大人になってからは、

「サイモンさんて鷹揚《おうよう》な人ですね」

多くの人からそんなふうに言われるようになったのです。

その方法とは、〈感情をまったく顔に出さない訓練〉です。

怒りを感じたら、まず怒りの表情を人に悟られないよう、顔の筋肉を緊張させます。意志の力で無表情を作り上げるのです。

「眉を吊り上げてはダメ。唇を震わせてもいけない。怒り声がもれないように口をつぐむのよ。心を無にして。ダメダメ、涙はのみ込むのよ」

こんなふうに、数十秒自分に語りかけ続けるのです。

怒りを人に気づかれないように、全身全霊で演技をしていたのです。自分と格闘することにエネルギーを費やしている間は、怒りが外にこぼれ出ることはありません。そうやって時間を稼いでいるうちに、強烈な怒りは収まるのです。

以上が、私なりの怒りの逃がし方でした。


その結果、十代の頃の私は、感情をほとんど顔に出さないクールな人だと周囲から思われていました。

しかし、これには弊害もありました。怒りを顔に出さない代わりに、喜びも顔に出なくなったのです。

「キミはどんなプレゼントをもらっても、嬉しそうな顔をしないね」

付き合い始めた頃、夫からよく言われました。

夫は漫画家だったので、そんないびつな性格の女を面白がってくれたのですが、普通の男性なら愛想をつかして別れを告げますね。


感情の中で、怒りは逃がして喜びは表現する――これができれば、最善なのです。

さて、私が犬を飼い始めた三年前。仔犬のしつけのためにドッグトレーナーさんに来てもらった時のことです。

「コーギーは元来牧羊犬で、気性の激しいところがあります。ペットとして人が飼いやすいよう品種改良されていますが、ひょっとした時に本来の野生が蘇る時がありま す」

とドッグトレーナーさんから説明を受けました。そして、万一、歯をむいてうなり声を上げることがあったなら、

「違うの。これはあなたの本当の姿じゃないの。本当のあなたは穏やかでおとなしい

いい子なのよ」
そう声をかけて目覚めかけた野生を鎮めるのが一番だ、というのです。
これは人間にも応用できそうです。
怒りに火がつきそうになった瞬間、
「違う。これは本来の私ではない。私は穏やかで、心優しい人間なのよ」
目を閉じ、呪文のようにこの言葉を唱えると、効果があるのではないでしょうか?
無理に無表情を作ってごまかすよりは、自然な感じがします。

オトナのオシャレ作法

街を歩いている時、あるいは電車に乗っている時、私はふと目に入った女性に対し、「この人は、どうしてこんな風変わりな組み合わせで洋服を着ているのだろう」と思う時があります。

ショップにはあふれるほどの洋服があり、女性雑誌を見れば流行の組み合わせ方のお手本がごまんと載っています。それなのに、

「なぜ、それとそれを組み合わせる⁉」

残念を通り越し、不思議にさえ思えてしまいます。

かくいう私も、古い写真を整理していると、

「何じゃこれは～！」

思わずそう叫んでしまうひどいコーディネート姿の自分を見つけます。

弁解をつけ加えると、前の日にばっちりコーディネートを整えておいたにもかかわらず、翌日の天気の急変（暑かったり、寒かったり、雨、雪、嵐など）で、コーディネートを一からやり直さなくてはならなくなったからです。

そうこうしているうちに家を出る時間が刻々と迫り、

「もういいやっ、これで」

そうやって選んだ服が、あとから見るとメチャクチャだったというわけです。

自分に合った服を選ぶのって、じつはとても大変なことなのです。

〈自分が好きな服と自分に似合う服は違う〉

こんな簡単なことに私が気づいたのは、三十五歳を過ぎてからでした。

十代二十代は、流行の服をみんなと同じように着ていても、なんとなく様になったものです。

ショップのマネキンが着ている服をそのまま上下着てみても、おかしくない。肌がぴちぴちで、心が何色にも染まっていない年代は、何を着ようと服に負けるということはありません。

ところが、三十歳を過ぎるとこれが通用しなくなるのです。それは、体型や人格に個性が出てくるからだと私は思います。

そして不幸なのは、体型と気持ちが一致していない女性です。とても華奢で女らしい体つきなのに、可愛らしさが嫌いで、おっさんみたいな服ばかり選ぶ女性。逆に、肩幅ががっしりしたアスリート体型なのに可愛らしいフリフリドレスや小花プリント柄を好む女性。

「わかっているのよ、似合わないって。でもついお花模様の洋服を買ってしまうの」

完全オバサン体型の私の友人がよく嘆きます。

女性は、年を取れば取るほど、自分の似合う服を厳選しなくてはいけません。〈好きだから〉〈今年の流行だから〉で選ぶと、大半は失敗します。

私の場合、丸顔で胸が大きいため襟の詰まった服はすべてNGなのです。小さな襟のワイシャツが好きなのですが、絶対似合わないと気づいてからは、どんなに欲しくても涙をのみます。プリントも、大柄な物しか似合いません。色調も、淡い物よりはっきりしているほうがいいみたいです。柄も幾何《きか》学《がく》模様なら何とか似合うけれど、花柄は絶対無理。四十代以降、私はずっとそう決めていたのです。しかしある時、

「自分で決めつけちゃダメよ、花柄も似合うわよ。年を取れば逆に華やかなお洋服を着なきゃ」

一緒にアウトレットに行った友人から言われました。

「ほら、これなんか似合うわよ」

そう言って彼女が勧めてくれたのは、黒地に赤い小花がちりばめられたチュニック丈のワンピースでした。襟ぐりは大きく開いていたので、まあ似合わないデザインではない。

「似合うかなあ……」

「似合う、似合う、間違いない」

アウトレットということもあり、私はその一着を買ったのでした。

そのシーズン中、何度かそのチュニックを着てみたところ、思いがけず好評でした。

「今までのサイモンさんとテイストは違うけど、とても似合っているわ」

というのが大方の意見でした。

男性受けもよく、そう言われればその服を着て鏡に映った私は、普段より少しばかり可愛げが感じられたのでした。

けれど結局その服も、二年後に手放すことになりました。私にそれを勧めてくれた友人に譲ったのです。

「どうして？　似合っていたのに」

訝《いぶか》しがる彼女に、

「うん。でもやっぱり、『私じゃない』って気持ちが強くわいてくるから」

第三者からどんなに似合っていると褒められても居心地の悪い服があるのです。服と自分の気持ちが一致しない違和感って、誰にでもあるのではないでしょうか？　それは年とともに強まります。

だからますます年を取ると着る服が限られてくるのです。

「オシャレは足元から」は本当だった

私が若かった頃と、今の若い世代とのファッションにおける一番大きな違いは、持っている靴の数にあると思います。

そもそも私たちの世代には服によって靴をコーディネートするという発想がありませんでした。普段靴（スニーカー）、よそゆきのヒール、冬のブーツ、夏のサンダル。それで事足りていたのです。

なので、五十五歳以上のオバサンの足元を見てください。服とまったく合っていない太ヒールの黒い革靴を一年中履いている人が、圧倒的に多いはずです。

ところが今の五十歳前後（アラフィフ）あたりから、七センチヒールを日常で履きこなす女性が現れます。これは男女雇用機会均等法が実施され、働く女性が増えたためです。おまけに彼女たちはバブルを経験しています。自分の給料をつぎ込んで高級ブランドのピンヒールを買っていた世代なのです。

かつて私より十歳若い友人が、七センチヒールで駆け出したのを見て、

「よくまあ、走れるものねえ」

と感心したところ、

「慣れよ、慣れ。それにハイブランドのヒールは走っても決して脱げません」

そう答えました。ふうん、そんなものなのかと思い、その言葉に従って、三年前に私もついに、ルブタンの七センチヒールを買ってみました。

すると確かに、走っても脱げません。つま先が痛くなることも、足元がぐらつくこともなく立っていられるのです。これが、ハイブランドの実力というものなのでしょうか。

そしてルブタンの七センチヒールを履いてみて、私は気づいたのです。洋服がファストファッションの廉価な物でも、足元がルブタンならとてもオシャレな人に見えるということに。

しかし、そのパンプスは黒いエナメルだったため雨の日はもちろんのこと、混雑す

る電車では踏まれるのが怖く、実際に履く機会はまれですが。

それ以降私は、もう少しカジュアルなブランドの七〜八センチヒールの靴を買い集めてみたのですが、時々足首をぐきっとひねってしまいます。バブル期に七センチヒールで通勤したアラフィフとは、やはり経験値が違うのでしょうか。

そんなある日、アラフィフ女性編集者が松葉杖をついてやってきました。どうしたのと聞くと、

「ハイブランドのウェッジソールのサンダルを買ったんです。ところが下ろしたその日に足首をぐきっとひねって転んでしまい、骨折したんです」

そう彼女は答えました。

確かにウェッジソールは、危険です。道を歩いていると若い女の子が転倒するのをしょっちゅう目撃します。

さらに、私が巻き爪治療に通った足専門クリニックの女性院長は、超靴マニアで十センチ超えヒールを多数所有していますが、

「それらはパーティー会場用よ。行き帰りはスニーカーを履いていって、会場で履き

換えるの」

と言います。足の専門家がそう言うのだから、やはり日常はスニーカーが一番で、ピンヒールは非日常のとっておき用にすべきなのです。

しかしパーティーなどめったに呼ばれない私にとって、結局七センチヒールは宝の持ち腐れ状態となっています。


けれど、ハイブランドのショップに立ち寄るだけでため息が出ます。その曲線の美しさ、素材の輝き。芸術品と呼びたい物すらあります。中には十五センチヒールで細いエナメルの紐が回転しながら足首に巻きつくタイプも。しかし、それらを履きこなせるのは、レディー・ガガぐらいのものでしょう。

今の二十〜三十代の女性は、洋服に合わせて何足も靴を持っています。服の色に合わせて靴を揃えるトータルコーディネートが当たり前の世代なんですね。今や一足二千〜三千円で流行のデザインの靴が手に入る時代なのです。おそらくワンシーズンで履き捨てるのでしょう。でも、時々かかとが斜めにすり切れ（相当ひどい素材の靴底なのでしょう）、そのために体を斜めに傾けて歩く女の子を見ます。あれは体にとってもよくないと思います。

私も去年、犬の散歩用にと、ひと冬で履きつぶすつもりで安い値段のショートブーツを買ったのですが、朝夕、犬の散歩で四キロを歩いていたら、半月で底がすり切れました。穴が開いて小石や砂が中に入ってきたのです。

ひと冬どころか、一カ月も持たず。やっぱり安過ぎる靴は、いいオトナは履くべきではありませんね。

「美」を求めているのに？

暑くなってくると、「戦隊おばさま」が街に出現します。彼女たちはママチャリにまたがり、紫外線のシミ攻撃から身を守るために黒いフィルムを貼った遮光マスクで顔面を覆っています。

いつからでしょうか、紫外線対策に戦隊マスク仕様が現れたのは？

それまでおばさま方の日焼け対策は、サンバイザーが主流でした。テニスプレーヤー、キャディーさん、農作業のご婦人、みんなサンバイザーでした。そのヒサシ部分をびょーんと伸ばし顔全体を覆うカタチにしたのが、原点ではないかと思います。テレビショッピングをきっかけに、その商品があっという間に日本中に広まったように記憶しています。

最近では、

「養蜂家《ようほう》か?」

と見紛う、全身を黒いネット生地(通気効果がある)で包むおばさままでいます。

デパートには、UV対策用の二の腕カバーが取り揃えられています。これは、事務員さんや農家の方がつけていた物が進化したカタチだと思われます。

紫外線を防ぎ、なおかつむれない。さらにオシャレであってほしい。このようなおばさま方の欲求に応えた商品が、婦人雑貨コーナーの棚には数多く並べられています。レースや刺繍《ししゅう》といった、おばさま好みの意匠《いしょう》がほどこされたタイプが人気のようです。

かくいう私も、じつは二年ほど前からこの二の腕カバーを愛用しています。運転中、窓から差し込む容赦ない紫外線から腕を守るため、夏のドライブには欠かせないのです。

「日焼けが嫌なら、長そでの服を着ればいいのに」

かつて私は、二の腕カバーをつけたおばさまを目にするたびに思ったものです。

しかし、長そでの服は、半そでよりも確実に暑い。日なたに出る時だけ長そでカーディガンを羽織るという道もありますが、たとえカーディガンでも身ごろ二枚重ねは、

Tシャツ一枚より暑いのです。

その点、日なただけ長そでで、日陰（家の中）ではあっという間に脱いで半そでになれる、この二の腕カバーの便利なことと言ったら！

一度使ったら、もう手放せなくなったのです。


今では、このカバーは犬の散歩の時にも私には欠かせないアイテムとなっています。ですが、戦隊マスクだけは被るまいと、固く心に誓っています。

二の腕カバーは、使いようによってはオシャレに見えなくもないのです。組み合わせによっては、センスのいい重ね着にも見えます。けれど、戦隊マスクは、どうやっても美しくは見えないのです。

そもそもは、

「シミのない美しいお肌のために」

が出発点であったはずです。

しかし、「美」のために、逆に「みっともない」様相を呈してしまっているわけです。この矛盾はどこから生じたのでしょう？

おそらくおばさまたちの頭の中では、すれ違う通行人の存在が消え失せているからでしょう。彼女たちが気にするのは、ごく身近な家族、親戚、近所の人々、習い事のお友達などに限られているのではないでしょうか？ そういった人たちの前だけで「シミのない肌」でありさえすればいいと、考えていると思われます。

電車の中で化粧をする若い女性も、同じ精神構造なのではないかと推測されます。「美」のために化粧をしながらも、場所をわきまえないために、その行為が「みっともない」ものになってしまっているのです。

彼女たちも、隣に彼氏が座っていれば電車内で化粧など絶対しないはずです。彼氏に会いに行くために電車内で化粧をし、その間乗り合わせた他の乗客の存在は消し飛ばされているのです。

外に一歩出れば、そこは公共の場所。大切な人に見られたくない格好は、たとえ一瞬すれ違うだけの赤の他人の前でもするべきではないと、肝に銘じて生活するのがオトナの心得だと思います。

それにしても、二の腕カバーや、ひざ下ストッキング、足先カバーなど、どれも日本独特の婦人雑貨ではないでしょうか？

オゾン層が破壊されてどんどん日差しが強くなる一方、建物内の冷房は完備されギンギンに冷やされている。

こんな過酷な環境の下、それでもオシャレをしたい日本女性のニーズにちゃんと応える企業もすごいなあと、改めて思います。

着る服が見つからなくなったら

私が若い頃（十代〜二十代）、どうしてオバサンたちはああもダサい洋服ばかり着るのだろうと、不思議に思っていました。

自分をまったく美しく見せない、変てこりんな服ばかり身に着けているように思えたのです。

たとえばトラッドなら、流行関係なく誰でもきちんとオシャレに見せてくれる。白シャツに紺ブレザー。パンツはグレーかキャメル。

デパートに並んでいるオバサン服に手を出すのではなく、ベーシックなデザインの物だけを身に着ければいいのに。私はそんなふうに思っていました。

ところが、実際に私がオバサンになってみると、この考えは間違っていたことに気づいたのです。

日本の小太りなオバサンにブレザーはまったく似合わないのです。若い頃、私がイメージした紺ブレザーオバサンは、ダイアン・キートンです。

元々ブレザーやジャケットは、ガタイのいい西洋男性のために発案された物です。東洋の年配の女性が着こなすのは、至難の業です。

スレンダーで少年っぽい体形だからこそ、ダイアン・キートンはブレザーを着こなせたのです。

「私はもはや、ブレザーやジャケットがまったく似合わない」

五十歳を過ぎた頃、ようやく気づいたのでした。

「ハイブランドのベーシックなアイテムなら何十年も着られるから、たとえ高価でも買っておいて損はない」

よく言われる言葉ですが、じつはこれもあやしいものです。

というのも、ベーシックアイテムである白シャツでさえも、年々マイナーチェンジしているからです。襟の大きさ、身ごろのゆとり、着丈、そでぐり等々。

私の経験則では、シャツは五年で真反対のデザインになります。ピッタリ体に張りつくボディコンシャスな物から、かなりゆとりのあるビッグシルエットの物に移っていくのです。

なので、三年前に買ったシャツは確実に時代遅れのデザインとなります。

あんなに流行ったチュニックにレギンススタイルですが、この夏、都心ではほとんど見かけませんでした。代わりに、丈の短いトップスにロングスカートのコーディネートが幅をきかせていました。

レギンス自体、売り場でほとんど見かけなくなりました。トレンカも、絶滅ですね。

「チュニックにレギンスは本当に楽だったのにね」

オバサンたちはため息をつきました。そして、

「何を着ればいいのか、さっぱりわからない」

となるのです。デパートに行くと、本当のオバサン服か、高級ブランドの非日常服しかない。かと言って、ユニクロや無印良品の服ばかりでも……。

ところが今年の春、同じ悩みを持つ同年代の女性三人でリゾート地のショッピングモールを訪れた時のことです。

友人の一人が思ったより寒いので羽織る物が欲しい、と言いだしてモール内の「洋品店」に入ったのです。

私にはその店がどうしても、商店街によくある「洋品店」にしか見えませんでした。いったいどこの誰が、こんなダサい服を買うのかと不思議に思える「洋品店」……。

友人と一緒でなければ、絶対にその店に足を踏み入れることはなかったでしょう。

ところが、ハンガーにかかった商品の服を友人が試着すると、じつに似合うのです。おまけに値段もお手頃。

「私も試着しようかな」

もう一人の友人も服に手をかけつつ、

「サイモンさんも、きっとこれ似合うわよ」

流行の兆しが見え始めていたロングスカートを指さしました。

結局、その「洋品店」でおのおの二着を買い、春から夏にかけ、かなりの頻度でそれらを着たのでした。

「洋品店」を侮ってはいけません。つぶれずに繁盛する個人商店には、それなりの企業努力があるのです。

オバサンのニーズに合った商品は、案外こんなところで発掘できるのでしょう。

写真のお作法

大勢で記念写真を撮る時、必ず写真の中央に陣取る女性がいます。それも、会合の間は発言も控えめで楚々とした風情だった可愛いお嬢さんが、

「それでは記念撮影しましょうか」

のひと声で、写真画面の中心になりそうな位置にさっと立ったりするのです。たぶんあれはもう、考える前に体が動いてしまう本能的なものなのでしょう。

その一方、いつも隅っこのほうでにこりともせず写る女性もいます。

人は写真を撮られる時、その性格がおのずと表れてしまうようです。

私の友人の中に、写真を撮られる時に絶対笑わない女性がいます。なかなかの美人なのですが、美人ゆえに自分の顔写真にこだわりがあるのかもしれません。

口元が少し微笑むことはあっても、口を大きく開けて笑った写真を、私は見たことがないのです。かつて、日本の美人は笑わないものでした。人前で歯を見せて笑うなんてはしたない、という時代が長く続いたからでしょう。幼い頃から彼女は、

「女性は口を開けて写真に写ってはいけません」

と言われて育ったのかもしれません。

美人でもない私にも、若い頃の写真には笑った顔がほとんどありません。どれも怒ったような、強張ったおかしな表情です。じつは、これにはわけがあります。

「笑うと、目が糸のように細くなる」

中学生の時、自分が写った写真を見て私は気づいたのです。一九七〇年代当時は、目は大きければ大きいほど美人だと思われていました。浅丘ルリ子さんが、その代表でしょうか。以来、私は決して笑わずカメラを睨みつける表情を押し通したのです。

大学三年まで、私の写真はずっと怒ったような表情のままです。ところがその年私は、まだ駆け出しの漫画家だった現在の夫と知り合います。

「キミは、笑う時いつも目をつぶっているね。それだと景色が見えないだろう。それだと損だから、俺は笑う時も目は開けたままなんだ」

そう言って彼は目をかっと見開いたままハッハと笑ったのでした。

変な人だなあと思いつつも、

「そうか、目を見開いたままでも笑顔は作れるのか」

と、その時私は気づいたのです。そしてその日以来、鏡の前で目を開いたまま笑顔を作る練習をし、その結果、私の笑顔の写真が徐々に増えていったのです。

二〇〇〇年頃からプリクラや写メールが出回り、友達と笑顔で写真を撮ることが当たり前の時代となりました。そのため今のアラサー世代は、中高時代から笑顔作りの研究を重ねているのでしょう。みな、本当に上手に笑顔を作ります。

フェイスブック（訳すと顔ブック！）の出現で、「いいね！」をもらうためにさらに自分の笑顔に研鑽《けんさん》を積まなくてはならなくなりました。

フェイスブックを開くと、さまざまな笑顔が飛び込んできます。

中には、どの写真にもまるでスタンプで押したかのような同じ笑顔の女性もいます。おそらくそれが彼女の最上のキメ顔なのでしょう。けれど、何十枚も同じ笑顔を見せられると、さすがに辟易《へきえき》します。それに、それはキメ顔以外の素顔を知っている友人

だったりするので、

「その笑顔はもういいから、素直な感情が表れた写真にして！」

そう叫びたくなります。

見ず知らずの大勢に向けてのアピールならば最上の笑顔が効果的ですが、古くからの友人で疲れてブスな顔も知っている相手には、むしろそれは必要ないのではと思うのですが。

しかし、一度ＳＮＳにアップした写真は、たとえクローズの公開でも、故意にあるいはうっかりで、いつコピーされて世に出回るかわかりません。そう考えると、キメ顔以外いっさい出さないのは、ある意味賢明なのかもしれません。

スマホの普及により、私たちはますます手軽に美しい写真を撮れるようになりました。

記念写真を撮る機会がさらに増えているのですが、

「あとで送って」

「ＯＫ」

と言いながらも、送り忘れてしまっているケースも少なくありません。ところが、案外先方は心待ちにしていたりするのです。

なので、撮った記念写真はその場ですぐ相手に送ることがオトナの鉄則です。

恋の悩みは一生続く？

焦るほど欲しいものは手に入らない

M子さんは、出版界三大美女と呼ばれたほどの美貌の持ち主です。しかも、大手出版社に入社後は辣腕編集者として数多くのベストセラーを世に出した才女。才色兼備とはまさに彼女のためにある言葉だと、私はずっと思っています。

そんな魅力的なM子さんが、男性からモテないはずがありません。私が知っているだけでも、大手広告代理店、大手マスコミ、作家、デザイナー等とくっついては別れる、を繰り返していました。そう、彼女は恋多き女性でもあったのです。

「でも私は、結婚する気はまったくないんです」

M子さんがまだ二十代だった頃、私に言いました。

「子どもも欲しくないし、この好きな仕事を一生続けられれば、それでいいんです」

当時、世の中はバブルで浮かれていました。

彼女のように考えている女性は他にもいっぱいいて、あの時代を代表する結婚観のひとつだったように思います。共働き子なしの若夫婦を指す「ＤＩＮＫｓ《ディンクス》」なんて言葉もありました（double income no kids の略）。

Ｍ子さんは恋人からのプロポーズをことごとく拒否し、彼女の決めた道を揺るぎなく進んでいるように見えました。

ところが、彼女が三十五歳を過ぎた頃です。同棲している恋人にフラれるという事件が起こりました。

しかも、明らかに彼女より格下（収入、ルックスにおいて）と思われる男性が、彼女より十歳も年下のアルバイト女性に走って、結婚してしまったのです。Ｍ子さんにとっては屈辱的な出来事でした。

三年間一緒に暮らした彼からは、何回もプロポーズされていたのです。けれど、結婚しないと決めた自分の信条から断り続けていたのです。その男が、自分を捨てて若い女との結婚を選んだ。この事実は、想像以上に彼女に打撃を与えたようでした。

「結婚したいから、誰でもいいから独身男性を紹介して」

周囲に、そう触れ回るようになったのです。

ところが、いざ人生の方向転換をしたところで、そう簡単に事は運びません。合コン、お見合い、ネット婚活、あらゆる手段を駆使して男性と出会うのですが、どれもうまくゆかないのです。そうこうしているうちに年月は流れ、M子さんは四十が目前の三十九歳になっていました。

そんなある日のこと。彼女の同僚が、留守中に空き巣が入った話を職場でしていました。

「……犯人はどうやら窓を破って侵入したらしく、割れたガラス窓のあたりに血痕《けっこん》が落ちていたの」

どうやらその話をところどころ耳にはさんでいたらしいM子さんが、突然叫んだのです。

「『結婚が落ちていた』ですってぇ!? いったいどこに結婚は落ちているのよ?」

ケッコンが落ちていた。

その言葉に彼女の脳が過敏に反応してしまったらしいのです。

「落ちているものなら、探してすぐ拾いに行きたいぐらい、本当にあの時は結婚を焦っていました」

M子さんが当時を振り返りつつ、私に話してくれました。そこで私は彼女に質問したのです。

「でもM子さん。結婚は絶対にしたくない、子どもはいらないって、以前私に言っていたわよねえ」

「ええ、確かに。でも女って、ある時、突然考えが変わるんですよね……」

考えが突如一八〇度転換するなんて、男性ならまずあり得ないこと。しかし、女性にはわりと頻繁に起こりうることなのです。

そして一度何かを「欲しい」と思い始めると、そのことばかり考えて他のことがいっさい手につかなくなるケースも。

・どうしても結婚したい
・どうしても子どもが欲しい
・どうしても子どもをいい学校に入れたい

はたから見て常軌《じょうき》を逸している女性も少なくありません。しかしそれは、本人も周囲も苦しいばかりです。

M子さんはケッコン騒動の直後、ずっと友人関係だったバツイチ同業者の男性のことを「好きかも」と気づき、彼女から告白して交際がスタート、交際十年を経て五十歳で入籍しました。現在は幸せに暮らしています。

ではまとめとして、M子さんの事例から得た教訓について述べましょう。

・自分は〇〇だから。と、若いうちに決めつけないこと
・焦れば焦るほど、欲しいものは手に入らないと肝に銘ずべし

ふっと力を抜いた時に本当の宝物に出合うことが、人生ではよくあるのです。

恋愛妄想をかきたてる人

「中学生時代の恋愛とは、自分好みのルックスをした異性相手に、ただ恋愛妄想を膨らませているに過ぎないのではないでしょうか？」

青春時代、共に恋の悩みを語り合った幼なじみから私宛てに届いたメールです。

同窓会で、ずっと憧れていた男の子に数十年ぶりに再会してがっかりした彼女は、いったい彼のどこに憧れていたのか冷静に分析した結果、この結論にたどりついたというのです。

幼なじみのこの意見に、私は大きく頷きました。

私は漫画家ですので、妄想が職業みたいなところがあります。

ただ、何もないゼロの状態から妄想ストーリーを広げるのは、じつはとても大変なことなのです。そのため、身近な人間を足がかりにすることがよくあります。

「この人が、うんと年下の女性と恋に落ちたらどんな行動をとるだろうか?」

そんなふうに、物語をどんどん膨らませていくのです。

中学生ぐらいの、恋に恋するお年頃の女の子の頭の中も同じなのではないでしょうか?

思春期の少女には、

「恋をしたい」

という感情がまずあり、それを揺さぶってくれる好みの外見の男の子を見つけるや否や、一気に妄想に弾みがつくのです。

「彼からこんな言葉で告白され、壁ドンされ、夕暮れの公園でベンチに座ってキスするのよ、キャッ」

妄想は膨らむばかりです。

しかし、妄想の末に恋焦がれた男の子とうまく交際に発展できたとしても、

「いざ付き合うと、何か違ったわ」

とガッカリし、あっという間に別れてしまうのも、この年頃の恋愛の特徴です。

女性の恋愛に対する姿勢は、二十代まではこの傾向が強いように思います。

つまり、〈好みのルックスをした男性との妄想〉を、恋愛と勘違いしてしまう、という傾向です。

したがって、女性の妄想をかきたてる男性がモテます。逆にモテないのは、あまりにわかりやすい男性です。いくらイケメンでも、このタイプだと、まったく面白味が感じられません。

高学歴、高収入で目鼻立ちが整っているのにまったくモテない男性っているでしょう? お喋りで、自分のことをのべつまくなしかん高い声で喋りまくるタイプは、これに当てはまりますね。

一方、寡黙でぼそぼそ喋る男は、それほど美男でなくてもモテます。自分を明かさないほうが、ミステリアスで妄想をかきたてるからです。

かなりのモテタイプの男性が、私に語ってくれたことがあります。

「年の離れた妹が『無口なお兄ちゃんがカッコいい』と友達に喋っているのを知って、

それ以後は妹の夢をこわさないように、あまり喋らないようにしたんです」

彼のルックスは、まあそこそこよかったので、無口で通すことによって女性たちが勝手に彼の気持ちや考えをいいように解釈してくれ、それでどんどんモテていったみたいです。

ルックスがいいならば、喋らないこと。このモテるための秘訣は、女性にもあてはまります。

私は中高時代、

「こんなに話術に長け、クラスでも人を笑わせる人気者なのに、なぜ私は男子からモテないのだろう?」

そうずっと思っていました。

無口で、一緒にいても会話も続かないような女の子のほうが、どうして私よりモテるのかさっぱりわからなかったのです。

しかし大学進学のため上京した私は、その答えに気づくことになります。

四国から出てきたばかりの私は、方言が恥ずかしくて、合コンで知り合った男子学生に対して饒舌になれませんでした。すると、

「雰囲気のある女性ですね」

と、田舎時代よりは男受けが良くなったのです。

若い頃の男女は、どれだけ異性の妄想をかきたてられるかが勝負なのです。

しかし四十代以上になると、妄想するエネルギーも衰えてくるので、自分に優しくしてくれて、わかりやすい異性のほうが人気が高くなるので、ご注意を。

一〇〇％男にモテる方法

「こう見えて、私すごく男にモテるんです」

そう言い放ったXさんは今四十八歳で、これまでに三度の結婚をしています。

「ブスな私が、なぜ男からモテるか。それは、コツがあるからなんです」

くるくるとよく動く丸くて大きな目に、丸い鼻。愛敬あふれる目鼻立ちのXさんを、私は決してブスだとは思わないのですが、確かに男をたぶらかす色っぽい美女からは程遠いタイプに見えました。

「Xさん、それで何ですか？　そのコツとは」

「私に興味を持っている男性にしかアプローチをしないこと、です。これで、一〇〇％、モテます」

興味を持つ女性を見る時と、そうでない時では、男の目の光がまったく違うらしいのです。

「興味のない女は、家具同然の扱いです。タンスを見るのと同じスタンスで、私のことを眺めます。そういう男性には、ハナからアプローチしません。絶対フラれるから」

たとえどんなに自分の好みの男性であっても、目に「興味」の光がなければ、泣く泣く諦めるのだとか。

そういえば、以前見たテレビのバラエティ番組で、〈合コンでは部屋に入った瞬間、男性は好みの女性を選択している〉という仮説を検証していました。

さらにこの実験では、その場で一番の美女ばかりが選ばれるのではないことも明らかになりました。

しかし、〈私〉に興味を持っているかいないのか、はたして男性の目の光だけで見抜けるものなのでしょうか？

Xさんによると、彼女は少女時代ブスでモテなかったため、

「モテたいモテたい」

と男性を渇望し続けたのだそうです。その結果、この特殊能力が身についたというのです。

「ブスが生き延びるため、身についた超能力なのですよ」

痩せた土地に植えられた野菜が、それでも生き延びようと細胞からエネルギーを絞り出した結果、旨みが増す……、つまりそれと同じ原理なのでしょうか？

洋楽のラブソングの歌詞には、
Love light in your eyes
というフレーズがよく使われます。やはり、見える人には、見えるのでしょうか？

Xさんは、続けます。

「目に興味の光を持つ男を見つけたら、次はボディタッチです。会話しながら肩や腕に軽く触れれば、男はぐっと心を開いてきます」

それはホステスさんが男性客に、この女、俺に気があるな、と勘違いさせるために使うテクニックと同じですね。

ニコニコと笑みを絶やさず、あっけらかんと気取りなく語るXさん。でも、三人の男性に、

「どうしても結婚してほしい」

と言わせた実力の持ち主なのです。学ぶところは大きいのではないでしょうか。


さらに、相手の目の光の中に、自分に対する好意や興味を読み取る能力は、恋愛だけでなくビジネスやご近所付き合いでも役立つと思われます。

「女たらしは、人たらし。だから女たらしは出世する」

と、私の知り合いの女社長が言っていました。

確かに、男性も女性も、興味を持つ対象の前では、子どものように目をキラキラさせていますね。

そして、目をキラキラさせながら全身で好意を表現してくる相手を、人はそう邪険にはできないものです。大切な取引相手には、この戦法は確かに有効と思われます。

さて私からも、異性が自分に対して好意を持っているかどうか見抜く方法を、ひとつお教えしましょう。

「あなたって、モテるでしょう?」

と話しかけてくる男性は、間違いなく貴女に好意を持っています。

自分が好意を抱く人間は、他の人からも好意を持たれていて当然だと、脳は判断するのです(実際は、自分以外の人はそうでもなかったりするのですが)。

なので、自分が好き→他の人も好き→みんなが大好き→モテる女性、となるのです。

なので、

「モテるでしょう」

と、好みの男性から言われたら、

「あなたこそ、モテるでしょう」

と切り返すことです。そうすれば、かなり高い確率でカップルになれるはずです。

ストーカーと片思い

人気の俳優が、同じく（あるいは彼以上の）人気女優に四十通ものラブレターを送り、交際期間を経ずして結婚したというニュースが最近流れました。

彼は待ち伏せして、彼女と同じ新幹線に乗り込んだりもしたそうです。俳優のこういう行為に対して、まるでストーカーではないかとコメントする人もいました。

ちょっと前のことです。私はイケメン編集者と食事をしていて、話題がストーカーに及びました。彼はその美貌ゆえに、過去何人かの女性ストーカーにつきまとわれたというのです。自宅周辺をうろつかれて、本当に怖かったらしい。

「でも、片思いで好きで好きでたまらないと、その人の家を見たいって気になるでしょ？　私も中学生の時、好きな男の子の家の周りを自転車でぐるぐる回ったことがあるなあ」

私は彼にカミングアウトしました。

「彼の誕生日におめでとうと言おうと思って電話したら、お祖母さんが出たので何にも言わずに切っちゃったことも……。あれ？　私ってストーカーだったの？」

「サイモンさんのそれは、ストーカーとはまったく違いますよ。家のドアをどんどん叩いて開けろと要求し、留守電にも延々伝言を残したりするのが、ストーカーです」

ストーカーは、

「あなたは私のことを好きに決まっているから私と付き合え」

と、自信たっぷりに迫ってくるらしいのです。

彼のその話を聞き、私は、

「ああ、だったら私はストーカーじゃないわ」

と安堵したのでした。

長い片思い時代、私はいつも自信がなく、こんな私を好きになってくれるはずがないと、自己嫌悪に陥っていました。彼の家の前を自転車で回りながらも、

「でも、私のこんな姿を彼に見られたらどうしよう」

といつもドキドキしていたものです。

好きです、と告白した相手から好きじゃないと拒否された時、「そうですよね、すみませ～ん」と言って顔を真っ赤にしてその場を立ち去るのが、〈片思い〉で、「そんなはずはない、あなたは私のことを絶対好きなはずだ」自信たっぷりに言い放つのが〈ストーカー〉なのでしょう。

私の知人の美女が、同棲していた彼から別れ話を切り出され、それに納得がいかなかった彼女は、彼の職場の前で待ち伏せしました。すると、彼からストーカーとして訴えられ、

「五メートル以内に近づくな」

という裁判所からのお達しが届いたというのです。

彼女はとても美人だったので、こんな美しい人がストーカー扱いされるのは何かの間違いではないかと私は思い、こう聞きました。

「あなたをストーカー扱いって、裁判所おかしいんじゃないの？」

すると、私の言葉に自信たっぷりに頷きながら、彼女はこう言ったのです。

「そうなのよ、彼はお母さんに洗脳されているの。拉致《らち》され洗脳されて自分の言葉で喋れない状態だから、お母さんが勝手に被害届を出したのよ。だって、彼はまだ私のことを好きなはずだから」

それを聞いて、彼女はやっぱりストーカーなのかもと、私は考えを修正しました。彼女の元彼はとても屈強な男で、拉致されるはずがないし、彼のお母さんも穏やかで優しい性格の女性だったからです。


復縁を迫って殺人まで犯すストーカーがあとを絶ちません。おそらく彼らは、好きな人から拒絶された憎しみから、犯罪に駆り立てられるのでしょう。そしてその心理の根底には、

「まさか自分が嫌われるはずがない。俺（私）を嫌う相手のほうが、間違っている。だから、懲らしめるのだ」

そんな思い上がりがあるのだと思います。

「嫌われてしまった。やっぱりそうだよなあ。こっちにもいろいろ落ち度があったし」

そう思える人間は、まずストーカーにはなりません。

自分の落ち度を認めず、不遇をすべて他人のせいにする人は、男女関係だけではなく職場でもうまくいくわけがありません。ストーカー犯罪者の多くが無職の男性というのも、頷けます。

ストーカーに関わらないためには、いくら表面上優しくても、無職の男とはなるべく付き合わないことですね。

異性の好意を見抜く方法

最近出会った、アラフォー女性から質問されました。

「よく結婚相手と出会うと、ビビビッと電気が走るって聞きますが、あれって本当ですか？」

「いいえ、そんなことはめったにありません」

「エッ!?」


化粧っ気はないけれど整った顔立ち。文学が好きで、図書館で私のエッセイを何冊か読んだことがあるというその女性は、さらに質問を続けました。

「じつは私、男の人とちゃんと付き合ったことがなくて。でも、結婚はしたいんです。どうすれば、相手を見つけられますか？」

まるで女子中学生がそのまま年を重ねたようなピュアな女性。私は彼女に素敵な恋人が見つかってほしいと思い、アドバイスをしました。

ずっと女子校育ちで男性と接したことが少なそうなので、

「まず自分に好意を持つ男性と、とりあえずデートをしてみたらどうかしら？」

「でも、男性が自分に好意を持っているかどうかが、わからないんです」

「たとえば、あなたに話しかける時、声のトーンが上がる人は、あなたに興味を持っていると思って間違いないです」

「何で、そう断言できるんですか!?」

「赤ん坊や犬に話しかける時、人は普段の会話より半オクターブぐらい高い声を出すじゃないですか？　なぜかわからないけれど、人間は自分が『可愛い』と思う対象の前では声が高くなるんですよ」

それでも彼女はきょとんとしたままだったので、私は説明を続けました。

人は、興味がない時はテンションが下がり声は低くなります。

一方、興味があり、好ましいと思う相手を前にすると、軽く緊張して声が高くなるものなのです。

そこらへんをよく観察すると、相手が自分に好意を持っているかどうか、つまりこの先恋愛に発展する相手かどうかを見抜くことができるのです。

そんな私の解説を聞いて、

「なるほどー。確かに赤ん坊に話しかける時は必ず声が高くなりますもんねー」

ようやく彼女も笑顔で納得してくれました。

彼女にいい人が見つかるといいのですが……。


じつは私は、高校時代このような声のトーンを解析(?)して、クラスの男子の誰がどの女子を好きか、かなりの確率で当てました。

悲しいのは、私の前で声が高くなる男子がまったくいなかったことですね。


声と瞳孔と肩の緊張具合を観察すれば、初対面の男性がどのくらい好意を持っていてくれるかを判断することができます。

たとえば合コンの席で、ものすごく自分好みの男性がいたとしましょう。でもあなたに関心を示さず声のトーンも低いままだとしたら、彼のことは諦めたほうが無難でしょう。

合コンや婚活パーティーでカップル成立を狙うなら、あなたと会話する時の彼の瞳の輝きと声の高さの変化を注視することです。

成功率がぐっと上がること間違いありません。

いわゆる美人ではないけれど、とにかく男性にモテる女性がいます。彼女にモテる秘訣を聞いたところ、

「私のことを好いている男性しか、好きにならないから」

という答えが返ってきました。

「どうやって、自分に好意を持つ男性かどうかを見抜くのですか」

と私が質問したところ、

「目の輝きと、声に甘い響きが加わる」

やっぱりポイントは目の光と声、なのです。

合コン中しょっちゅう目が合う男性も、気があるとみて、まず間違いないでしょう。

ただし極端な上がり症で、女性を目の前にすると必ず声が上擦る男性には、この法則は当てはまりません。しかもこのタイプは、好きな女性を見ることすらできないのです。

ジャパネットたかたの元社長さんもいつもハイトーンなので、見抜けませんね。

真面目女子の不倫

「真面目な女子ほど、不倫略奪婚するんですよねえ」

知り合いのアラフォー女性が私に語ってくれました。

彼女の親友が、十七年に及ぶ不倫愛の末に、ついに結婚したというのです。

「相手の男は、子どもが高校を卒業するのを見届けたのでこれで責任は果たしたと離婚したそうです。でも、それと同時に彼も定年退職したんですけど」

「えっ？　その二人、いったいいくつ年が離れているの？」

「二十……ですか。付き合い始めが、彼女二十三歳、彼四十三歳でしたから」

待った甲斐はあったけれど、やっと略奪したとたんに、定年って。それでも、女性は満足なのかしら？

その略奪女性は、一流国立大卒の優秀なキャリアウーマンで、現在は外資系金融でばりばり働いているそうです。

〈真面目だから、仕事をやり遂げる→出世する〉

という図式は、よくわかります。しかし、

〈真面目だから、不倫愛もやり遂げる→略奪婚〉

というのは、図式としては正解でも、人としてはどうなのでしょう？

不真面目な（意志が弱く、誘惑に負ける）女子は忍耐力や持続力がないので、不倫愛が続かないのでしょう。

加えて、せっかちな女性も不倫には向きません。

「いつ奥さんと別れるの？　早く別れてよ、もう待てない」

そんなふうにせっつくと、男は必ず逃げ出します。

国立大学に入学する女子は、真面目にコツコツ勉強するタイプです。すぐに結果が出なくても、我慢して毎日の学習を積み重ねる性格と言っていいでしょう。

なので、難関大学合格と略奪婚、目標は違いますが、諦めずにゴールを目指すという点では同じなのではないでしょうか。

男のほうも、派手で華やかな女性よりも地味でおとなしいタイプを、不倫相手に選びます。

それはそうでしょう。派手な女を連れ歩くと目立ってしょうがない。そんなことをするのは、バブル期の不良オヤジぐらいです。

今現在続行中の不倫は、普通のオヤジと地味目ＯＬの間で多く行われているのです。

真面目女子の不倫の困る点は、〈略奪のために努力する〉ところです。

いつか晴れて略奪する日まで、無駄な出費を抑え、彼に我儘を言うのも我慢し、同年代の独身男性からの誘いも断ります。

努力とは、

「ある目的を達成するために、途中で休んだり怠けたりせず、持てる能力のすべてを傾けてすること」（新明解国語辞典より）

なのです。

だから、努力をすると、何だかいいことを行っている気分になります。

なので、

「略奪婚に向けて努力しているあたしは、立派だわ」

やがて真面目女子はそんなふうに考えるようになるのです。

しかし、これでは略奪される妻の側はたまったものではありません。

「あなたのその目標、間違ってますから！」

そう誰かが、きっぱりと教えてあげる必要がありますね。


オウム事件の時も、そうでした。

真面目な信者ほど、努力して積極的に犯罪に関わったのです。

「その目標は、本当に正しいの？」

真面目な人ほど、この問いを絶えず自分に向けてほしいと思います。


男が妻の悪口を喋り、家庭がうまくいっていないと愚痴っても、真に受けてはいけません。

真面目で素直な若い女子は、

「このかわいそうな男を鬼嫁から救い出してあげる」

ことを目標に、努力する傾向があります。

まあ、二十代前半に一度不倫で手痛い目に遭っておくのも、免疫になっていいかもしれませんが。

女は何歳まで恋ができる？

女性はいったい何歳まで恋ができるのでしょうか？

三年前、それまでずっと独身だった五十八歳の姉が突然結婚したい相手がいると言いだし、私は仰天しました。けれど相手が十年前に奥様を失くした元同僚の六十歳の男性だと聞き、

「孤独死を避けるために、よく見知った独身の異性と暮らすことを選択したのだろう。友人に毛が生えた程度の同居生活なのだろうな」

そんなふうに思い直したのです。

ところが、結婚の挨拶に来た二人の様子を見ると、ラブラブなのです。おまけに、

「別に籍を入れなくても、同居するだけでいいんじゃないですか？」

と私が聞いたところ、

「大好きだからずっと一緒にいたいんです！」

顔を真っ赤にして彼が言ったのです。その傍らで微笑む姉を見て、ああこの二人はちゃんと恋愛して結婚をするのだと、私は確信したのでした。

姉の実例から、五十八歳でも恋愛できることに私は気づきました。

老人ホーム内での入居者同士の恋愛も、決して珍しいものではないらしいです。すると、六十～八十代でも恋は十分可能なのでしょう。


人はいったいいくつまで恋ができるのか考えた時、いつもひとつの映画が思い浮かびます。

『ハロルドとモード 少年は虹を渡る』。これは、一九七一年に公開されたハル・アシュビー監督の映画です。自殺マニアの十九歳の少年と、ぶっ飛んだ七十九歳の老女が、「他人の葬儀に関係者のふりをして参列する」という共通の趣味（?）を介して知り合い、やがて恋に落ちるというストーリーなのです。

この映画を私は十代の頃に観ていたのですが、最近たまたまDVDを手に入れ、改めて観てみました。

昔は十九歳の「ハロルド」に感情移入して観たのですが、今回は完全に七十九歳の「モード」の視点で鑑賞できました。

映画の中で二人はベッドインし、ハロルドはモードにプロポーズします。「いいわよ」とOKするモード。二人は幸福に酔いしれ、ダンスを踊ります。そのとき彼女は彼に告げるのです。

「あと二時間で死ぬわ、さっき毒を飲んだから。前に言ったでしょ？　私、八十歳になったら死ぬって」

その日はモードの誕生日だったのです。場面は切り替わり、モードを失ったハロルドが一人バンジョーを弾きながら丘を下るシーンで、映画は終わります。

現在五十八歳の私は、

「これはある種、女の理想的な死に様だな」

と思ったのでした。六十歳も年下の男を夢中にさせて求婚までさせる。でも老女は知っているのです。今は夢中でも男の気持ちはいつか冷めるということを。そうなった時に惨めさを味わうよりは、気持ちが頂点の「今」をフリーズして、そして去っていったのです。

女性はおそらくいくつになっても恋ができるのでしょう。

ただ、「恋はいつか終わる」という厳粛たる事実に気づく年齢は、人によって異なるのです。四十〜五十代で「恋」をしたために家庭を捨てる女性が、昨今少なくありません。

「でもね、恋はいつか終わるのよ」

そんな女性たちに対し、私はこう言いたくて仕方ありません。

「そんなことぐらい知ってるわ。でも、どうしても止められないの。破滅するとわかっていてもそうせざるを得ないの」

もし、そう答える女性がいれば、

「それならもうとことんおやりなさい」

と言うしかないのですが。けれど、

「ううん。彼は、違うの。夫とはまったく違うタイプよ。彼こそ運命の人だから、夫と離婚して一緒になるの」

そういう女性は、まず間違いなく失敗します。

なぜなら、恋が必ず冷めるということに加え、誰かが自分を幸せにしてくれると考えている時点で、すでに間違いなのです。

相手を変えれば幸せになる、なんてことはほぼあり得ません。そういう人は、時間が経つと再び相手の欠点が目につき始め、

「もっと別の、理想の相手がいるに違いない」

と思い始めることでしょう。

つまり、いくつになっても恋はできるけれど、恋はいつか終わるものだということを知っていないと、痛い目に遭うことになる、ということなのです。

いつか必ず終わることを覚悟して、始まりから終わりまで他人にいっさい話さず隠しおおせるのなら、老いてからの恋も楽しいのではないかと、私は思うのです。

本物の「オトナ」論

勝ち負けにこだわらない女子たち

今は大勢いるけれど、私が若い頃にはほぼいなかったものに、

「勝ち負けにこだわらない働く女子」

があります。

「勝ち負けにこだわらない働く女子に人気の町、西荻窪」

という広告を目にして、最近私が気づいたことです。


先日、打ち合わせを兼ねて西荻窪で食事をした時のことです。

「まだ時間が早いので、もう一軒行きませんか」

そう誘われて入ったのは、駅前のダイニング&バーでした。

一階はカウンター席のみ。夜の十時過ぎでしたが、本を読みながら一人黙々と食事

をする女子が三名、私の目に飛び込んできました。

「こんな時間に本を読みながら女が一人で外食するなんて、私が若い頃には考えられなかった」

そんな軽いショックを受けたのでした。

私の世代では、二十代のうちに結婚する女性がほとんどで、専業主婦を選んだ者は、夜間外出などとんでもないことでした。女は家を守るもの、夜間外出は夫の許可を得てから、というのが常識だったのです。

私より一世代あとは、バブル世代です。この世代にとってカウンターで一人でご飯を食べることは、また別の意味であり得ないことでした。

というのも、ご飯は当然男に奢らせるもので、一人で外食するというのは、あの時代の女にとって「恥」だったからです。

「モテないことを証明するぐらいなら、家で自炊（あるいはコンビニ弁当）のほうがマシだわ」

バブル姉さんたちは、そんなふうに考えていたのです。

ところが、恋愛よりも与えられた仕事をきちんと責任持って果たすことを重要視する、今の三十代の働く女子たちにとって、読書しながらの一人飯は何よりリラックスする時間なのでしょう。

勝ち負けにこだわる男性サラリーマンとは異なり、自分の快適な時間を大切にする彼女たち。居酒屋で同僚たちと上司の悪口を言うよりも、本の著者と語り合いながらの食事のほうを選ぶのです。

趣味が読書だと言うと、孤独な人のように思われがちですが、じつは逆です。著者の言葉に耳を傾け、心の中で著者に語りかけているため、案外饒舌な時間を過ごしているのです。

「読書が趣味なんて、寂しい人ね」

とは、本を読まない人の言葉なのです。

しかし、勝ち負けにこだわらず寂しくもなく淡々と暮らしていると、結婚からはどんどん遠ざかってゆきます。

「結婚する意味がわからないから」

三十代の働く独身女子がよく口にする言葉です。

そう、かつては三十代独身女性が「負け犬」と呼ばれた時代もあったけれど、勝ち負けにこだわらない彼女たちにとって、そんなことはどうでもいいのです。

夫に気をつかうこともなく、恋愛駆け引きの勝敗に心煩わされることもなく、彼女たちはじつに快適に暮らしているのでしょう。

しかし、これもまだ三十代で健康だからこその特権であるように思えます。病気になったり怪我をしてしまっては、こんな自由もままなりません。

だから、彼女たちは今すごく恵まれた立場にあるとも言えるのです。

しかし、堅実な彼女たちですから、そのような不測の場合も、老後の生活も、ちゃんと考えていそうですね。

勝ち負けやプライドを捨ててしまえば、人はおそらく楽に、堅実に生きていけるのでしょう。

たまに、ある日突然すべてを捨てて放浪の旅に出る男性がいます。勝ち負けやプライドの世界に嫌気がさしたのでしょうが、男はやることが極端ですね。放浪の旅に出なくても、女は西荻窪で勝ち負け関係なく気持ちよく生きていけるわけですから。

今後日本では、このような女子がますます増えてゆくことでしょう。勝ち負けにはこだわらないが、衣食住にはこだわる女子たちが。

女と、仕事と、子育てと

担当の女性編集者が育休明けに退社し、家族と共に信州に移住することになりました。

彼女は現在四十歳。三歳の長男に加え、昨年双子の男の子を出産したばかりです。

「双子を含む三人の男の子を抱えて、これからどうやって東京で仕事と子育てを両立していくのだろう？」

内心、私は気を揉んでいました。

そのため、何の縁もゆかりもない土地への移住を決意した話を聞いて、最初はびっくりしたものの、

「いい選択をしたなあ」

やがて、そう納得したのでした。

彼女の夫も編集者で、共に実家は九州のため身内からの援護は望めません。出張や深夜残業の多い編集者の仕事をしながら三人の男の子を育てるとなれば、湯水のようにお金を使って、二重三重保育を頼まなくてはならなかったはずです。

いや、お金の問題ではなく、元々エコ志向の強かった彼女はせせこましい東京よりも、自然の中でののびのびした子育てを選択したに違いありません。

「育休明けの辞表提出ということで心苦しいのですが」

彼女がそう言うのも、無理はありません。一年の間、会社からいくばくかの育休手当をもらっていたわけですから。

だったら、妊娠がわかった段階で辞表を出せ、という人もいるでしょう。彼女の仕事を割り振られた人間も、いい思いはしなかったのでは。

実際、

「産休・育休をうまく使って三人の年子を産み、六年間一度も出社せず、手当だけもらって退職した女性がいるのよ」

怒りを込めながら、同僚のそんな話を私に聞かせた女性がいました。その女性は未婚で子どももいませんでした。

そりゃあ、腹も立つでしょう。私は理解できます。

けれど、こう考えてはいかがでしょうか？

今は、過渡《かと》期なのです。みんな手探り状態なんです。

子育てと仕事をどう両立しようか、試行錯誤の状態が、戦後七十年近く続いていて、まだ最良の方法が見つかっていない状態なのだ、と。

私が結婚・出産した昭和五十年代は、女性は結婚したら専業主婦となり子育てと家事に専念する生き方が主流でした。

結婚せずに一生独身のままの女性は、「変わり者」と思われていました。

結婚して子どもを持ったあとも仕事を続ける少数の職業婦人（古い言い方ですが）

に対しては、

「放ったらかしにされた子どもがかわいそう」

という陰口がささやかれていました。


じつは私も、その呪縛《じゅばく》にとらわれていた一人です。

四十代までは、

「仕事ばかりでかまってやれなくて、子どもに申し訳ない」

と心から思っていました。

母親は外で働かずに子どものそばにいて面倒をみるべきだ、という思い込みがずっと私にはあったのです。育った時代と環境と教育が、私をそんなふうに洗脳していたのですね。

子ども二人が、

「お母さんが仕事が忙しくて、放ったらかしで自由にさせてくれたのが、かえってよかった」

そう言って独立していった時に、やっと私は目が覚めたのです。

そして、その時気づいたのです。

「女性の生き方ってじつはまだ確立されていなくて、その時代の環境や教育によって、ただそう思い込まされているだけなのではないだろうか」

なので、育休を取り続ける同僚に、内心「チッ」と感じてしまうあなたは、三十年後の人から見れば、時代遅れの古い人間と評されるかもしれません。

育休を取ることが、人類に貢献する尊い行為だと称賛される未来の人たちからみれば……。

ちょっとSFっぽい話になりましたが。

女の仕事のやり時はいつ？

「女性の九割は出世を望まず、男性の九割は出世したくてたまらないのよ」

私にそう話してくれたのは、K子さん五十歳。彼女は大手商社に勤めるキャリアウーマンです。今もって独身。

元々は一般職で採用された彼女なのですが、「寿退社のきっかけを逃し」、ずるずると勤め続け、すると、まず一般職から総合職に移ることを勧められたのです。彼女は試験を受け、見事合格。

その後、根が真面目なK子さんは総合職として一生懸命働きました。すると四十七歳の時に、今度は管理職試験を受けるように上司から言い渡されるのです。

「私は出世なんかまったくしたくなくて、むしろ早期退職制度を利用して五十歳で辞めようかと思っていたんですよ」

しかし彼女は、上司からこう説得されました。平社員のままと、管理職の肩書で辞めるのでは、退職金の額が全然違う、と。

家族を持たない独り身の彼女にとって、老後の頼みは何よりお金です。そこで彼女は猛勉強して管理職試験に挑んだのでした。

その結果K子さんは、社内で史上五人目の女性管理職となったのです。

けれど、彼女はこう言います。

「社内の男性の嫉妬がつらいです。彼らは出世したくてたまらないから。出世なんか本音では望んでいない女が出世することが許せないのでしょうね」

冒頭の「九割」という数字は、彼女の個人的感想です。実際の数字は私にはわかりませんが、でもそう外れてもいないように思えます。

日本のサラリーマン社会は、「男」の組織です。ボス（殿）がいて派閥があり、忠誠だの根回しだの江戸時代の城中かと思うぐらい古くさい風習がまだまかり通っています。そこに女性が溶け込むにはどうしても無理が出てくるでしょう。

私は、女性はサラリーマンより自営業のほうが向いていると思います。主婦の仕事は、家庭のマネージメントです。予算立て（家計簿）、コミュニケーション能力（PTA）、交渉術（値切り）、これらの能力があれば、会社経営（起業）もたやすいはずです。

子どもを持った場合でも、会社は男性社員（妻が家事・子育てをやってくれる）と同じ働きを要求してくるわけですから、そんなのははっきり言って無理、です。でも女性自身が社長になれば、自分の都合で社則を変更することもできることでしょう。

学校を出てひとまず就職をし、社会勉強をしたところで、独立（目安は三十歳前後）。自分の方向性を見極め、新たな目標を設定する。じつはこのパターン、私の身近では最近すごく増えてきています。独立ではなく、転職という人も多いですが、やはり三十歳前後は何か思うところが多いみたいです。

女性ですから、出産をどこに組み入れるかも重要になってくるでしょう。

「産むのは四十歳でもできる。でも、その後の育児は体力的に大変」

そんな言葉をよく聞きます。

かつて四十歳で出産した友人が同窓会に子連れでやってきて、食事もゆっくりでき

ずに会場内を走り回る幼子を追っかけている姿を見て、

「大変だなあ。私は三十代で子育てを終えておいてよかった」

つくづくそう思ったものです。

しかし、最近また考えが変わりつつあります。じつは私は五十七歳で犬を飼い始めました。やんちゃな仔犬は、人間の幼子と同じ。目を離すとイタズラをするし、おもらしの後始末、毎日の散歩、と手間暇かかって仕方ありません。

朝夕四キロの散歩に、もうへとへとです。

でも、できるのです。それを苦労とも思わず、むしろ日々の楽しみになっています。

要するに、「愛」なのです。

「愛」があれば、四十過ぎ、五十過ぎの育児（育犬）も苦にならないのです。

ですから、四十代の出産も全然アリなのだと、最近私は考え直すようになりました。

結論として、ひとつのカタチにとらわれず、働き方を会社員に限定せずにフリーや自営も候補にし、我が子に愛情を注ぐ自信があるのなら、出産のタイミングは、いつでもOKなのではないでしょうか。

そして、六十代、七十代でも現役バリバリの女性も増えています。

身ぎれいにオシャレをしてお店に立ち続けて働く高齢の女性は、家の中でくすぶっている同年代の女性よりずっと輝いていますよね。

女の仕事のやり時。それは、終生ということになります。

何歳でも夢は叶う

S子さんは六十七歳の時に夫と死別します。

その時、彼女は決意したのです。

「残された人生で、私は三つの夢を叶える。

一つ、事業を起こす。二つ、恋をする。三つ、本を出版する」

信州の小さな町で生まれ育ったS子さんは、親の勧める男性と見合い結婚をしました。夫は悪い人ではなかったのですが、昔かたぎで頑固な亭主関白。外出するときは必ず出先と帰宅時間を告げなくてはならず、夜間はもちろん外出禁止でした。

彼女はそんな夫に四十五年仕え、子供二人を育てあげたのです。

「これからは、私の人生！」

三年の介護の末に夫を看取ったS子さんの心の叫びだったに違いありません。

夫の死後、彼女は自宅でおはぎ屋さんを始めます。幼い頃母親が作ってくれた味を思い出しながら、一個一個心をこめて手作りしました。

するとこれが評判を呼び、遠方から客がやってくるようになりました。自信をつけた彼女は、

「商売の手を広げるには、やっぱり東京ね」

そう決心するや、信州の店をさっさとたたみ東京に進出したのです。

そして現在、私鉄沿線の駅前に「おはぎ専門店」の看板を掲げ、一人で店を切り盛りする傍ら、なんとフランチャイズ店を全国に二店舗展開しているのです。

しかも、今年八十歳になったS子さんには、二年前から恋人もいます。

「彼は八十三歳の、奥様に先立たれたミュージシャン。これで、私の二番目の夢も叶いました。じつは、生まれて初めての恋なんです」

そう言ってS子さんは少女のように頬を染めました。

そんな彼女の元には、すでに出版社から自伝執筆の依頼もきているそうで、三つ目

の夢が叶うのも時間の問題でしょう。

夫の死後、六十七歳から「夢」を追い、それを実現するなんて、中高年女性にとって、なんとも心強い話ではありませんか。しかも、「仕事」と「恋」両方を手に入れたのですから。

そのバイタリティーあふれる人生からは、派手で賑やかで押しの強い女実業家がイメージされますが、実際のS子さんは小柄で、むしろ清楚。どこにでもいそうなオバアサマでした。

しかし、六十七歳から夢の実現のために行動する女性など、めったやたらにいるものではありません。


彼女の成功の秘訣は何でしょう？

それは、「夢」を声に出したことだと思います。

彼女のお店のキャッチコピーは、「にっぽん一のおはぎ専門店」です。

これは上手ですね。おはぎ専門店など他にありませんから、日本一なのは当たり前です。

しかし、そのことを声に出して宣伝すれば、人は必ず引き寄せられます。誰もやったことのない分野に手を出せばいいことで、あとは日本一と言った者勝ちなのです。

次に、

「私は未亡人だけど、これから恋をしたいの」

そんなふうに触れ回っていれば、どこぞの独身のオジイサンの耳に必ず届きます。独り身のオジイサンが寂しがり屋なのは、「後妻業」の女にころりと騙される老人が多いことでも証明済みです。

若いイケメンと恋をしたいわなどと思わなければ、チャンスは必ず巡ってきます。

そして、なぜ私が彼女と知り合えたか?

じつは私のアシスタントが「おはぎ専門店」の看板につられて店に入ったところ、前述のようなS子さんの身の上を一気に語られ、

「漫画家の先生を紹介して」

とおはぎを持たされたからなのです。

実際に話をすると、面白いオバアサマだったので、私は知り合いのマスコミ関係者を紹介してあげました。

このように「夢」を声に出せば、協力者はどんどん出てくるものなのです。

ただし、オリジナリティがなければ人は引き寄せられず協力者も現れません。

S子さんの場合、本能的に「人と違ったことが好き」という性格が運を呼び寄せたのでしょう。

人生でもう二度とできないこと

十八歳で四国から上京した私は、東京で数多くの「人生初」に出合いました。

人生初マクドナルド（お恥ずかしい話ですが、私の郷里には当時なかったのです）。

人生初ディスコ（今ならクラブ）。

人生初ドライブデートに、人生初ナンパ……。毎日ひとつは「人生初」に出合ったものです。

二十～三十代もまだ、「人生初」は続きました。

人生初ハワイ、人生初フグ、人生初エステなどです。


ところが、ハワイもフグも、回を重ねるごとに初回の感動は薄れます。そして、四十代になると、「人生初」がどんどん減っていきました。

その代わり、

「人生でもう二度とできないかも」

と思う事柄が増えてきたのです。

まず最初に感じたのは、

「もう二度と海水浴はできないだろう」

ということです。十年前、取材で千葉の海水浴場を訪れた時、波打ち際で楽しそうに波と戯《たわむ》れる親子を見て私はそう思いました。

海水浴は、子どもと若いカップルのものです。大人は子どもの付き添いで水に入るもので、本気で千葉の海水浴を楽しむ四十〜五十代の女性はまずいません。

ハワイやバリのビーチでマリンスポーツを楽しむことはあっても、日本の海水浴場でゴムチューブの浮き輪につかまって波と戯れることは、今後私にはあり得ないと悟ったのでした。

なぜ私がこれほどまで海水浴にこだわるかというと、子どもの頃、徳島の海で泳ぐことがこの世で一番好きだったからです。

遊園地で絶叫マシンに乗ることも（年齢制限があるところも多い）、野外ロックフェスに行くことも、スイーツ食べ放題バイキングに行くことも（行けなくはないが、元は取れない）。

「ああ、もう二度とないかも」

いろんな場面でそんなふうに感じるようになっていました。

出来事だけではありません。

かかと十センチのピンヒールも、ミニスカートも、「これが最後」の時を経て、現在私には不用の物です。

「今シーズンの旬のファッションアイテム」も私には無関係となりました。私が選んで着る服は、崩れた体型をカバーしてくれて楽ちんな物に絞られるからです。

いくら太めパンツや肩出しカットソーが流行りと言われても、まずそれらに手を出すことはありません。

当然、ファッション雑誌を買って読むこともなくなりました。

「人はいつから『老い』に入るのか？」

そんな質問があるとしたら、私は、

「人生でもう二度と体験できないかも、と思う出来事が増えてくる時期から」

と答えます。

中高年で不倫に走る人妻は、おそらく、

「人生でもう二度と恋ができないかも」

という不安と恐怖が強いのではないでしょうか？

一方、別にもう二度とできなくてもいいわ、と考えている妻たちが不倫に走ることはまずありません。

前者は、どんなに夫と円満であっても不倫をします。不安と恐怖は、理性や倫理観を凌駕《りょうが》してしまうものなのですね。

自分にとってできないものをどんどん手放してゆくことで、人は本当に必要なものに気づきます。

私の場合、どんなにしんどくても早朝の愛犬との散歩は手放しません。犬が可愛くてたまらないうえに、毎日何か生き物に愛情を注いでいないと、私は生きていけない人間だからです。

「老い」が始まると、できなくなることが増えるけれど、逆にそれによって無駄を省いてシンプルに生きることができるようになります。

年とともに気力、体力が衰え、

「もう無理だわ」

とさまざまなものを手放してきました。

その一方、若い頃はエネルギーに任せてずいぶん無駄なことにも手を出したな、と最近つくづく私は感じるのです。

スマホ断食のすすめ

電車に乗ると、乗客のだいたい七割はスマホをいじっています。ゲームをしたり音楽を聞いたり。SNSやインターネット検索。そういえば、通勤電車内で新聞を折りたたんで読んでいる人の姿をめっきり見なくなりました。ニュースも、スマホで読む時代になったのでしょう。

電車内だけではありません。レストランでもカフェでも、片時もスマホを離さず画面をタップし続けている客も少なくないのです。

かくいう私も、一日のかなりの時間をスマホに費やしています。犬猫の可愛らしい動画を見始めると、止まりません。気になることの検索から、気づくとネットサーフィンに没頭してしまいます。芸能ネタも嫌いではないので、不倫騒動が起きるたびに、関連記事を読み続けるはめに。

しかし、ある時私は気づいたのです。

「無駄な記事を読んで、いたずらに時間を浪費しているだけではないか？」

ただ時間を浪費するだけならいいのですが、ネットニュースの中には、悪意に満ちた気分のよくないものもたくさんあります。

そういうものを読み続けていると、どんどん気分が暗くなります。ねっとりしてどす黒いタールのようなものが、心の奥に溜まってくる感じと言いましょうか。

これではいけないと感じた私は、とりあえず一日、スマホでネットを見ることをやめてみました。メールとラインだけはチェックしましたが。

すると翌朝、何だかとても気分がいいではありませんか。タールもどこかに消えてしまったみたいなのです。

そこで私は、スマホ以外にもデスクトップもノートも、すべてのパソコンを封印し、テレビもつけず、新聞も読まない、という一日を作ってみました。

私の性格は、たとえば国際紛争で多くの人命が奪われ、私レベルの人間が考えてもどうしようもないことであっても、ニュースを見るたびについそのことを考えてしまう傾向があります。紛争をやめない人たちに怒り、その結果、黒いタールが、どろどろと心の底に溜まり続けていたのです。

情報を遮断するということは、丸一日世の中から取り残されることなので、不安になるかと思いきや、まったくその逆でした。

翌日は、心だけでなく体まで軽い気分で目覚めることができたのです。

さらにリフレッシュできたおかげで、悲惨なニュースも冷静に判断できるようになりました。

体や心がどろどろしてきたら、とりあえず情報をシャットアウトして、何にも考えずに一日過ごすといいみたいです。

ヨガや座禅の瞑想《めいそう》に似ているかもしれません。

戦国時代の武将は、明日合戦で殺されるかもしれない。あるいは、寝ているうちに身内から裏切られて首を切られるかもしれない。

こんな緊張の日々で、よくまあ心を平常に保てたものだなあと、歴史大河ドラマを見ながら私はいつも感心していました。

「そうだ、歴史ドラマの中の剣豪はいつも座禅を組んでいたな」

私は、はたと思い出したのです。

座禅を組んで瞑想する。

つまり、頭の中を「無」にすることで心を強くすることができたに違いない。

ぐちゃぐちゃ頭の中で考えたり、感じたりしている人間は、それだけで疲労してストレスが溜まり、悪い方向にいってしまうのでしょう。

疲労回復のためには、とにかく「無」になることなのです。

スマホを見続けること、ヘッドフォンで大音量の音楽を聞き続けることは、脳を疲弊させます。

そして恐ろしいことに、それらは中毒性があるのです。

気づくとスマホを触っている。スマホを手にしていないと不安で仕方ない。

こうなってしまっては、手遅れです。

iPhoneは二〇〇七～八年頃に日本でも販売が始まりました（一般に普及したのは、ここ四～五年でしょう）。つまり十年前までは、スマホなしでみんな過ごしていたのです。

一週間に一日、あるいは十日に一日、スマホを見ない日を作ってみてはいかがでしょうか？

いきなりの不幸に備える心構え

突然の災難に遭ったり、あるいは思いもよらぬ大病になってしまった時、多くの人は、

「何で自分だけこんな不幸に見舞われるんだ」

そんなふうに思いがちです。

しかし六十年近く生きてみて、私は災いや病気をごく身近なものと感じるようになりました。

むしろ何もなく平穏に十年以上過ぎると、

「そのうち何か悪いことが起きるに違いない」

逆に、そんなふうに思い始めるのです。

いいことの次には悪いことが必ず起こる。そしてその振れ幅は等しく、ものすごく

ラッキーなことのあとに同じくらいのアンラッキーが訪れ、ほぼプラスマイナスゼロなのだということを、私は経験則で学びました。

二年前に亡くなった私の叔母は、七十五歳の時に小脳萎縮という難病を発病しました。神経が末端から徐々に麻痺し、やがて手足の自由がきかなくなり、喋ることも物を食べることもできなくなって、最後は呼吸が止まるという恐ろしい病気です。余命七年と宣告されました。その診断を下された時の叔母の第一声が、

「しまった、今までが幸せ過ぎた！」

だったと、後に従妹から聞かされました。

サラリーマンの妻として二人の娘を育て上げ、四人の孫にも囲まれ、それまでの人生は、つつましやかでも満ち足りたものだったのでしょう。

若い頃はファッションモデルをするほどスタイル抜群の美人だった叔母。さぞかしモテたと思うのですが、勤め人で誠実な叔父との堅実な人生を選択しました。

もっと玉の輿に乗れたかもしれない。けれど叔母が選んだ人生は、十分「幸せ過ぎた」と思えるものだったのでしょう。

医者の見立て通りどんどん麻痺が進行した叔母ですが、従妹が同居してずっと自宅で介護していました。

ほがらかで友人の多かった叔母の元には、病が進んでからも友人がいつも訪ねて来て、叔母宅で麻雀をしたそうです。もはや牌《パイ》を握れなくなった彼女は、卓を囲む友人たちを傍らでにこにこ見つめていたという話です。

私が最後に会ったのは亡くなる一年前、田舎での法事の席でした。車椅子で、口も不自由となっていましたが、笑みを絶やさず、昔と変わらぬ美しい叔母でした。

最後は肺炎で、意識を失ったあとは苦しむことなくすうっと息を引き取ったということです。


小さい頃からずっと私を可愛がってくれた叔母の死に様は、私にひとつの問いかけを与えました。

助からない難病と知らされ余命宣告されても、自分の不運を嘆くのではなく、

「今までが幸せ過ぎた」

と、じたばたせずに運命を受け入れることが、はたして私にはできるだろうか？

六年前、乳がんを告知された私は、その瞬間、

「何で私が？　神様ひどい！」

呆れるほど取り乱したのでした。

幸い初期のがんで転移もなく、今のところ再発していません。

その間、人生で深く関わった大切な人がどんどん亡くなっていきました。命だけはかろうじて繋いでいるものの、不治の病で意識を失くしたままの人もいます。

日本国内で大きな地震が起こり、近年世界のあちこちで起きたテロにより、多くの人命が奪われています。


「今、私が生きているのは、奇跡だなあ」

だんだんそういうふうに感じるようになってきました。

「何で自分がこんな幸運な状況で過ごせているのだろうか？」

そっちのほうがずっと不思議な気がしてしまうのです。

そのため、明日か明後日に何か大きなアクシデントに遭ったとしても、

「何で私がこんな目に？」

とは思わず、

「やっぱりねえ」

そんな言葉が出ることでしょう。


私と同い年の友人は、すい臓がんの疑いがあると診断された時、

「（運命は）こう、来たか!?」

と心の中で叫んだと言います。

幸い腫瘍は良性だったのですが、六十近くなると、やっぱりそんな心境になるのですね。

孤独な老人にならないために

年寄りは、孤独だ。

昔からずっと、そう言われてきました。

けれど私は中学生の頃、この言葉が不思議でなりませんでした。

「年を取って、たとえ家族に先立たれても、友達とずっと仲良くしていれば孤独にはならないのでは？」

当時の私は家族とは口をきかない日があっても、毎日友人たちと飽きることなく喋り続けていました。だから、そんなふうに考えたのでしょう。

けれど、もうすぐ六十歳を迎える現在の私は、

「なるほど、年寄りは孤独になるわ」

と、日々実感しています。

学生時代のような友達は、大人になってからは、まず、できません。

学生時代は横並びだった女同士の関係が、ハタチを過ぎると置かれている状況によって変化します。

結婚しているのか？　独身か？

結婚相手は金持ちか？　貧乏か？

子どもはいるのか？　いないのか？

そのため、それまで仲良しさんだった女性に対して、嫉妬や劣等感といったネガティブな感情を持つようになるのです。


それならば、同じ境遇のグループ内で新たな友人を見つければいいように思えます。

たとえば、夫の収入レベルが同じくらいで、子どもを私立に通わせているママたちなら、一見妬みなどとは無関係のように思われます。

しかし、同じ学校のママ友であっても、子どもの成績や容姿で微妙な競争心が生まれ、そして、同じグループ内での小さな優劣の差のほうが、かえって大きな嫉妬心を持ったりするのです。

嫉妬したり、嫉妬されたりは、とても面倒くさいことです。なので、なるべく避けて通りたい。その結果、賢明な女性はなるべく当たり障りのない表面的なお付き合いにとどめようとします。けれど、相手の深いところに踏み込まない、相手には決して心を許さない関係は、真の友人関係ではありません。

ママ友は本当の友達ではない、というのは、こういった理由からです。

だから、年を重ねるにしたがって、新しい友人を作るのが困難になるのです。

さらに困ったことに、年を取ると人は気難しくなります。はっきりした原因はわかりませんが、些細なことが許せなくなるのです。たぶん、老化によるホルモンの減少や脳の変化が関わっているのでしょう。

そのため、細々と続いていた学生時代からの貴重な友人ですら、「何かムカついて」絶交してしまったりするのです。

これに、死別も加わりますから、孤独がさらに加速されるのです。

では一体どうすれば、老後の孤独から逃れられるのでしょうか？

一つは、いつまでも、

「あの人の友達になりたいな」

と思われる人格を目指すことです。

慣れ親しむと、ついずけずけと思ったことを口に出してしまいがちですが、「親しき仲にも礼儀あり」を心がけること。

愚痴や、他人の悪口も慎むべしです。

愚痴と悪口を封印すると、話題が見つからないオバサンが大勢います。彼女たちは、孤独老人まっしぐらと言ってもいいでしょう。

その場の誰もが心が和み、笑いが生まれる話題を提供できる人の周りには、人の輪が絶えることはないでしょう。

そんな話題を見つけるのは、そしてその話題を上手に話すのは、かなり大変なことです。でも孤独が嫌ならば、努力するしかないのです。

ただずるずると老いに身を任せると、あっという間に孤独になる。私はそのことにようやく気づきました。

そして、老後の孤独から逃れるためのもう一つの方法は、自分より若い友人を持つことです。

大切な友人と死別するリスクも、下がりますから。

本物の「オトナ」になる

オトナとは、どういう人のことを言うのでしょうか？

オトナとは、オトナでない人すべてに優しい人のことである、と私は思うのです。

六十代を迎えた私は、すでに「大オトナ」になっています。目まぐるしく進化するデジタル機器についていけない、「大オトナ」（高齢者）に。

仕事相手の「オトナ」たちは、当たり前のようにパソコンにデータを送りつけてきます。大容量のデータは、それを読み取る専用のソフトがあるのですが、私はそれが使いこなせません。

送られてきたデータを開けることができずに、途方に暮れることもしょっちゅうです。

「年配者には、もう少し親切にしてくれよ〜」

私の、心の叫びです。


かくいう私も十年前までは、テレビのリモコンで地上波からケーブルチャンネルに切り替えることができない夫に、

「前も教えたでしょ？　何でこんな簡単な操作を覚えられないの!?」

と、いつもキレていたのです。

私のほうが十歳も若いのだから、もっと夫に優しくしてあげればよかった、と今では反省しています。


自分より年長者はもちろんのこと、年若い後輩たちにも優しくありたいものです。

最初の子どもがまだ三歳の頃です。当時私は二十代後半で、生き馬の目を抜くマスコミ関係のオトナたちに囲まれて生活していました。そのため、靴の紐がなかなか結べない娘にイラ立ちました。

「早くしなさい！　どうして靴の紐が結べないの？　こんなの簡単じゃない」

すると、娘が答えたのです。

「ママはオトナだから簡単だけど、まりちゃんはまだ三歳だからうまく結べないの」

その時私は、ハッと気づきました。

幼児はまだ脳が完成されていないので、頭の指令と指先の動きが連動していない。

そのことを、私はすっかり忘れていたのです。


幼児～少年少女期を経て、人は肉体的に「オトナ」になります。十八歳ぐらいで完成形でしょうか？　精神は、そこから社会経験を経て、二十代半ば～三十代前半で成熟する、というのが一般的です。私の人生を振り返ってみると、三十代半ばから五十代前半までがオトナ盛りだったように感じます。

気力が満ち、肉体的にもまだまだ、という感じでした。しかしその分驕《おご》りもあり、まさか自分が老人になるとは夢にも思わず、後輩にも厳しく（私ができたことが、なぜあなたはできないの？）接していたように思います。

人生の下り坂に足を踏み込んだ今、ようやく私は気づくことができたのです。

「若い人やお年寄りにもっと優しくしてあげればよかった」

と。

先月、私は故郷の大学に特別講師として招かれ、講義を行いました。四国の田舎の、小さな大学です。人文学系の学生を集めて「伝わりやすい文章表現方法」について話をしました。

集まってくれたのは、二百五十名ほどの学生。驚いたことに、授業中私語をかわしたりスマホをいじったり居眠りする学生は一人もいませんでした。みな、真剣な目で私を見つめ耳を傾け、ある者は熱心にメモを取っていました。

十年ぐらい前に、やはり私は東京にある母校の女子大で特別講義を行ったのですが、居眠りする者、途中退席する者が目につきました。それに比べ、地方の学生たちのなんと素朴で真面目なことか！

講義に先立ち、二十名ほどの文学部学生たちに短いエッセイを提出してもらいました。

未熟な文章も多かったのですが、必ず一カ所は褒めることにし、答案を添削して返却しました。厳しくすることは、いくらでもできる。四十代の私だったら相当手厳しかったことでしょう。けれど今の私は、若い人にはとにかく優しくありたい心境なのです。

その人のために心を鬼にして、注意するのか？
自分の怒りの感情をぶつけたくて、叱るのか？
自分の優秀さを見せつけるために、相手の欠点を責めたてるのか？

どれがオトナの態度かは、もうおわかりですよね？

柴門ふみ（さいもん・ふみ）

1957（昭和32）年、徳島県生まれ。お茶の水女子大学卒。1979年漫画家デビュー。若者たちの恋愛をテーマにして『東京ラブストーリー』『あすなろ白書』『同窓生　人は、三度、恋をする』など多くの作品を発表している。またエッセイ集として『恋愛論』『大人の恋力』『そうだ、やっぱり愛なんだ』などがある。ペンネームは中学時代からファンであったポール・サイモンに由来している。

〈初出〉
キノブックスWEBマガジン「キノノキ」（2015年1月〜2016年12月）
単行本化にあたり、加筆修正しました。

オトナのたしなみ

2017年1月27日　初版第1刷発行
2017年3月30日　　　第3刷発行

著　者　柴門ふみ
発行者　古川絵里子
発行所　株式会社キノブックス
〒163-1309　東京都新宿区西新宿6-5-1　新宿アイランドタワー9F
電話：03-5908-2279

印刷・製本所　シナノ印刷株式会社

定価はカバーに表示してあります。
万一、落丁・乱丁のある場合は送料小社負担でお取り替えいたします。購入書店名を明記して小社宛にお送りください。

ISBN978-4-908059-60-5